한 번에
되지 않는
사람

한 번에
되지 않는
사람

2021년 04월 08일 초판 01쇄 발행
2021년 06월 15일 초판 03쇄 발행

글 김경호

발행인 이규상 **편집인** 임현숙 **책임편집** 이소영
편집1팀 이소영 이은영 황유라 **교정교열** 신진
마케팅실장 강현덕 **마케팅1팀** 전연교 윤지원 김지윤 김능연
디자인팀 이성희 김지혜 손지원 **영업지원** 이순복 **경영지원** 김하나

펴낸곳 (주)백도씨
출판등록 제2012-000170호(2007년 6월 22일)
주소 03044 서울시 종로구 효자로7길 23, 3층(통의동 7-33)
전화 02 3443 0311(편집) 02 3012 0117(마케팅) **팩스** 02 3012 3010
이메일 book@100doci.com(편집·원고 투고) valva@100doci.com(유통·사업 제휴)
블로그 blog.naver.com/h_bird **인스타그램** @100doci

ISBN 978-89-6833-302-6 03810

허밍버드는 (주)백도씨의 출판 브랜드입니다.

한 번에 되지 않는 사람

쉽게 얻은 사람은 모르는 일의 기쁨에 관하여

김경호 지음

허밍버드
Hummingbird

내 영감의 원천이신 아버지 故 김국태 님께

이 책을 바칩니다.

내가 나를 기다려준다는 것

내가 다닌 대학교의 문과대학 건물 앞에는 특별한 목련 한 그루가 있다. 이 나무에 학생들이 붙여준 별명은 '바보 목련'이다. 이 목련은 매년 봄기운이 돌기도 전인 이른 봄에 다른 목련들보다 일찍 꽃을 피운다. 다른 나무들은 채 새싹도 틔우지 못한 썰렁한 교정에서 혼자 봉오리를 내밀고, 이내 그 하얀 꽃을 만개해 개강과 함께 들뜬 마음으로 교정을 찾은 학생들의 눈길을 사로잡는다.

하지만 그런 관심은 며칠 가지 못한다. 일찍 꽃을 피우는 만큼 일찍 지다 보니, 정작 다른 목련들이 온갖 꽃들과 함께 만발해 교정 가득 생명력을 불어넣으며 봄의 절정을 뽐낼 때에는 혼자 누렇게 변해버린 꽃잎들을 떨군 채 외롭게 서 있다.

이 목련이 왜 매년 이렇게 혼자 일찍 꽃을 피우는지 정확한 이유는 밝혀진 바 없는데, 나무 바로 옆에 있는, 건물 안의 난방기와 연결된 스팀 구멍이 원인이 아닐까 하는 추측이 선후배들의 입을 통해 전해 내려오고 있다.

이렇게 혼자 앞서가는 나무의 별명이 '천재 목련'이 아니라 '바보 목련'인 걸 보면, 홀로 남들보다 먼저 꽃을 피우는 것이 학생들 눈에는 바보같이 보였나 보다. 일찍 핀다 하여 더 오래 피는 것도 아니고, 더 많이 피는 것도 아니니까 말이다.

그러나 세상은 여전히 속도에 집착하는 것처럼 보인다. 남들보다 앞서야 하고, 빨라야 한다는 강박이 우리들의 삶을 지배하는 듯하다. 남들보다 조금이라도 늦되면, 세상은 곧 낙오자가 될 수 있다며 어서 빨리 '바보 목련'이 되라고 재촉한다.

속도를 기준으로 본다면 나는 패배자다. 대학에 들어갈 때도, 취업을 할 때도, 그리고 작가가 되고, 앵커가 될 때도 한 번에 된 적이 없다. 공부를 해도, 운동을 해도, 사람들과 교류를 해도 무언가를 이루는 데 있어 한 번은커녕 두 번에 된 것도 잘 없다. 뭘 하든 몇 번씩 넘어지고 난 뒤에야 목적지에 도달할 수 있었기에 남들보다 늦게 도착하는 경우가 많았다.

그럼에도 불구하고 돌이켜보면 내 가장 큰 경쟁력은 '한 번에 되지 않는다'는 거였다. 무엇을 하더라도 한 번에 되지 않았기에 한 번 더 고민할 수 있었고, 한 번 더 준비할 수 있었으며, 한 번 더 숙성시킬 수 있었다. 그 속에서 단단해진 내공과 깊어진 공감 능력은 좀 늦게 도착한 목적지에서 어렵게 찾아오는 기회들을 놓치지 않을 수 있는 힘을 길러주었다.

이 책은 기다림에 대한 책이다. 기다리는 시간은 결코 버리는 시간이 아니다. 기다려본 적이 없는 사람은 알 수 없는 더 가치 있는 것을 배우고 채우는 시간이며, 기다림이 끝난 뒤 펼쳐놓을 소중한 것을 잘 모아서 차곡차곡 쌓아놓는 시간이다. 같은 나이라도 바로 대학에 들어간 신입생보다 학교 밖에서 긴 준비의 시간을 보내고 있는 재수생이 더 많은 고민을 하며, 쉽게 회사에 들어간 신입사원보다 숱한 도전과 실패를 맛보고 있는 취업 준비생이 더 단단한 인내와 끈기를 기른다.

기다림을 위해 필요한 건 스스로에 대한 믿음이다. 나보다 나를 잘 아는 사람은 없다. 나를 가장 존중해줘야 할 사람은 나 자신이다. 주변의 시선이나 세상이 정한 정답이 아닌, 나 자신을 믿고 바라볼 때 이미 오래전부터 반짝반짝 빛나고 있던 내 안의 진짜 나와 마주할 수 있다.

혹시 지금 이 순간 그 모습이 잘 보이지 않는다면, 이 책 속에서 힘차게 뛰고 있는 당신의 심장 소리를 다시 듣게 되기를 소망한다.

2021년 4월

한 번에 되지 않는 사람, 김경호

차례

2장。

나를 지키며 일한다는 것

3장。

진심에는 선이 없다

4장.

세상이 원하는 정답은, 없다

1장

한 번에 되지 않는 사람

남들보다

오래 걸리는 사람

나는 뭘 해도 한 번에는 잘되지 않는 사람이다. 술술 풀려서 쉽게 되는 일이 잘 없고, 전전긍긍, 아등바등하며 오만 정성을 다 쏟아야 겨우 성과가 나오는 스타일이다. 어렸을 때부터 운동을 해도 공 몇 번 툭툭 건드리면 축구든 농구든 제법 모양새를 내는 친구들과 달리, 혼자 땀을 뻘뻘 흘리며 한참 연습을 해야 겨우 친구들과 어울릴 수 있었고, 공부를 해도 남들보다 잠을 적게 자고 쉬지도 못하면서 '열공'을 해야 겨우 중상위권 성적표를 받아 들었다. 남들 다 하는 고스톱도 몇 번을 다시 배우고 시도해본 뒤에야 겨우 룰을 이해했고, 그마저도 시간이 흐르면 다 까먹어서 MT라도 가면 다들 고스톱 할 때 옆에서 구경만 하다가 먼저 잠이 들기 일쑤였다.

이런 내가 입시와 취업이라고 쉽게 됐을 리 없다. 대학은 당연히 재수를 했고, 방송기자 공채 시험은 3년 동안 일곱 번 떨어진 뒤 여덟 번째 도전에서 가까스로 합격했다. 말 그대로 7전 8기였다. 지금 하고 있는 뉴스 앵커도 세 번의 오디션 만에 맡게 됐는데, 첫 오디션부터 앵커가 되기까지 꼬박 10년이 걸렸다. 보통 뉴스 앵커가 되는 기자들은 입사 5년 차 안팎의 파릇파릇한 시절부터 젊은 얼굴로 뉴스를 진행하기 시작하는데, 난 15년 차에 처음으로 스튜디오에 앉았으니 상당히 많은 시간이 걸린 셈이다. 무엇이든 매번 도전할 때마다 실패를 거듭하다가 '이제 그만 해야겠다' '포기할 때가 됐다' '이번이 진짜 마지막이다'라고 결심한 뒤에야 원하던 것이 주어졌다.

그러다 보니 항상 목표를 이룰 때까지 참고 기다리는 시간이 길었다. 대학 재수 시절에는 꽃 피는 봄에 친구들이 미팅을 나가고 대학 축제에서 빛나는 젊음을 발

산할 때 난 침침한 독서실에서 하루 종일 앉아 있어야 했다. 길을 가다 우연히 만난 중학교 때 친구가 요즘 뭐 하냐고 물을까 두려워 내가 일방적으로 질문을 쏟아내다가 허겁지겁 인사를 하고 돌아섰던 기억이 난다. 재수에 실패해 처음 입시 때보다 더 안 좋은 성적표를 받아 들지는 않을까 매일 두렵고 무서웠다. 혹시나 3수를 하게 되지 않을까, 그래서 고등학교 후배가 대학에서는 선배가 되는 일이 벌어지지는 않을까 생각하면 저 땅 속 밑바닥까지 내려가는 기분이었다.

지금 회사에 신입으로 들어오기 전에는 1년여 동안 지금은 문을 닫은 한 지역 방송사에서 경력을 쌓았는데, 마이너 매체 기자이다 보니 서러운 일이 많았다. 어떤 출입처에서는 메이저 방송사 기자들에게만 출입을 허용한 탓에 기자실에 아예 들어갈 수 없었고, 겨우 들어가도 지정된 좌석이 없어서 혼자 구석에 서 있어야만 했다. 주요 취재원들은 내가 마이너 매체 기자라는 이유로 만나주지도 않는 경우가 많았고, 내가 쓴 단독 기사가 얼마 뒤 다른 메이저 언론사의 특종 기사로 둔갑해서 보도된 적도 있었다.

앵커가 되기 전에는 15년 동안 여러 취재 부서들

을 거쳤는데, 가장 힘들다는 사회부를 네 번이나 했다. 보통 기자들이 한두 번 하면 마감하는 사회부를 나는 '나갔다 들어갔다'를 10년이나 반복했다. 지금 맡고 있는 주말 〈MBC 뉴스데스크〉 앵커 바로 직전에는 이 프로그램의 제작 PD였다. 조명과 카메라 워킹으로 앵커를 더 빛나게 하고, CG와 자막 등으로 취재 기자들의 리포트가 더 잘 전달되도록 하는 게 내 일이었다. 카메라 뒤에서 스태프를 조율하고 온갖 잡일을 챙기는 것이 나에게 주어진 임무였기에 카메라 앞에 서서 조명을 받는 앵커와는 거리가 멀었다.

하지만 그렇게 항상 기다리는 시간이 길었기에 기다림이 끝난 이후 갖게 되는 감사한 마음도 컸다. 외로운 재수 기간을 거친 뒤 맞은 캠퍼스의 낭만은 짜릿했다. 학교에 갈 수 있다는 것만으로 즐거웠고, 듣고 싶은 강의를 내 손으로 골라 들을 수 있다는 것만으로도 기뻤다.

서러움 속에서 보낸 마이너 매체에서의 1년, 그리고 이어진 백수 기간 1년이 지난 뒤 이룬 취업은 내 일의 고마움을 더 잘 알게 했다. 취재원을 더 쉽게 만날 수 있고, 시청자로부터 많은 관심을 받는 것이 모든 기자에게 주어지는 당연한 일이 아닌, 메이저 매체 기자이기에 누릴 수 있는 특권이라는 사실을 알기에 더 큰 책임감을 갖고 일할 수 있었다.

지금도 어렵게 얻은 뉴스 앵커의 기회를 언제나 소중하게 생각하며, 뉴스를 진행할 때마다 감사한 마음을 한가득 안고 스튜디오로 들어간다. 그리고 그 임무의 무거움을 생각하며 멘트 하나하나 후회 없이 내가 쏟을 수 있는 모든 정성을 쏟으려 노력한다.

이 모든 건 내가 얻고자 하는 것을 한 번에 이뤘다면 결코 누릴 수 없었던 행복이다. 쉽게 얻은 사람은 모르는, '한 번에 되지 않는 사람들'만 알 수 있는 진짜 행복이다.

기다림이 힘든 이유는 기약이 없기 때문이다. 기다림이 언제까지 계속될지, 그 끝에는 뭐가 있는지 알 수 없기에 쉼 없이 준비하고 인내해야 한다. 그만큼 내공이 깊어진다는 건 기다림이 주는 선물이다. 기다림의 시간이 길어질수록 사람은 더 성숙하며 단단해진다. 공감과 이해심도 더 깊어진다. 어쩌면 뭐든 한 번에 되지 않는 게 더 감사한 일일 수 있다.

낯가림이

사회생활에 미치는 영향

오랜 세월 소설과 영화, 뮤지컬 등 다양한 장르로 선보이며 세계적인 인기를 끈 〈오즈의 마법사〉에는 주인공 도로시와 함께 세 친구가 등장한다. 뇌를 갖고 싶은 허수아비, 심장을 갖고 싶은 양철 나무꾼, 그리고 용기를 얻고 싶은 겁쟁이 사자. 하나같이 결정적인 것이 결핍돼 있는 이들은 그것을 얻기 위해, 도로시와 함께 마법사를 찾아가는 머나먼 여정을 떠난다.

이들 가운데 내가 가장 마음이 끌린 친구는 겁쟁이 사자다. 남들은 그의 겉모습만 보고 무서워서 벌벌 떠는데, 정작 사자는 겁이 많아서 그들에게 잘 다가가지도 못한다. '동물의 왕'이라 불릴 정도로 사납고 용맹하기로 유명한 사자가 이렇게 겁이 많으니 얼마나 고민이 많을까.

처음 기자 생활을 시작했을 때의 내 모습도 그와 비슷했다. 새로운 뉴스거리를 찾기 위해 끊임없이 새로운 사람을 만나야 하고, 먼저 다가가야 하는 기자가 낯을 많이 가린다는 건 사자가 겁이 많은 것만큼이나 치명적인 결점이었다.

기자가 되기 전에는 내가 낯을 가리는 사람인지 잘 몰랐다. 학생 때야 매일 만나는 사람이 거기서 거기고, 친구들과 몰려다니니 딱히 낯선 사람에게 적극적으로 다가가야 할 상황도 크게 없었으며, 억지로 누군가와 친해지기 위해 노력해야 할 일은 더더욱 없었으니까.

하지만 졸업 이후 던져진 세상은 내가 30년 가까이 익숙하게 지내온 그것과는 너무도 달랐다. 처음 수습기자가 되어 담당으로 경찰서 몇 곳을 배정받았는데, 경찰서에 찾아가 형사들에게 인사를 하면 대부분 귀찮은 얼굴이었다. 인사를 해도 받는 둥 마는 둥, 뭘 물어도 단답형 대답으로 돌아왔다. 당연한 일이었다. 하루 종일 쏟아지는 사건

들 속에서 각양각색의 민원인을 대하느라 정신없고 바빠 죽겠는데, 자꾸만 옆에 와서 쓸데없이 말 거는 기자를 누가 좋아하겠는가.

그 와중에도 넉살 좋은 기자들은 경찰들과 쉽게 안면도 트고 왁자지껄 잘만 떠드는데 난 그게 잘 안 됐다. 한창 업무 중인 그들에게 다짜고짜 찾아가 별 영양가 없는 말을 건네는 것이 그들의 일을 방해하고 피곤하게 만드는 것 같아서 마음이 너무나 불편했다. 그저 근처에서 쭈뼛쭈뼛 맴돌다 눈이 마주치면 꾸벅 인사나 하는 게 전부였고, 그러다 잠시 쉬고 있는 경찰을 발견하면 어렵게 말 한마디 건넸다가 단답형 대답이 돌아오면 더 위축되기만 했다. 그래도 그게 내 일이라 매일 새벽 열심히 경찰서로 출근했지만, 사무실 앞에 서면 선뜻 문을 열지 못한 채 애먼 손잡이만 잡았다 뗐다 하기를 수없이 반복했다.

그러던 어느 날 밤, 그날도 경찰서 복도를 의미 없이 서성이는데 한 사무실 문이 빠끔 열리더니 무섭게 생긴 형사 한 분이 나를 불렀다.

"김 기자, 이리 좀 와봐."

웬일인가 싶어 사무실로 들어갔더니 범죄자들을

취조할 때 쓰는 의자 하나를 쓱 내밀며 앉으라고 하고는 대뜸 박카스 하나를 건넸다.

"나 오늘부터 김 기자랑 친해지기로 했어."

뜬금없는 고백을 한 형사는 어떤 기자와 얽힌 자신의 경험담을 털어놓았다. 형사는 과거에 친한 기자 한 명에게 보도를 하지 않는 조건으로 수사 내용을 알려준 적이 있었다고 했다. 하지만 해당 기자가 약속을 깨고 보도를 해버리는 바람에 크게 곤란을 겪었다고. 그 일 이후 심한 배신감을 느낀 형사는 다시는 기자와 친분을 쌓지 않겠노라 다짐을 했고, 기자들이 찾아올 때마다 '쾅' 하며 매몰차게 문을 닫아버렸더란다. 그의 문전박대에 기자들은 하나같이 기분이 상했고, 다시는 찾아오지 않았다고 한다.

"그런데, 김 기자는 기자 같지가 않아서 좋아."

형사는 내가 들를 때에도 다른 기자들한테 했던 것처럼 기분이 상할 정도로 매몰차게 문을 닫곤 했다. 그런데 아무리 문을 세게 닫아도 다음 날 다시 와서 깍듯이 인사하고, 또 문을 쾅 닫아도 그다음 날 똑같이 아무 일 없다는 듯 인사를 하고는 말 없이 총총걸음으로 사라지더라는 것이다. 처음에는 왜 저러나 싶었는데 이런 일이 매일 반복되면서 다른 기자들과는 다른 모습에 눈길이 갔고, 그

때마다 예의 바르고 선을 지키는 모습에 저런 기자라면 친해져도 괜찮겠다는 생각이 들었다고 했다.

다른 기자들과 다르게 낯가리고 쭈뼛쭈뼛한 성격 탓에 형사한테 제대로 말도 못 건 채 인사만 하고 다녔던 나는 그 성격 덕에 출입처에서 처음으로 내 편이 생겼다. 그리고 16년이 지난 지금 내 출입처와 그 형사의 소속 경찰서는 바뀌었지만 여전히 먼 곳에서나마 서로 응원해주며 좋은 관계를 이어가고 있다.

〈오즈의 마법사〉에 나오는 겁쟁이 사자는 다른 사자처럼 용맹하지 못해서 쉽게 사냥을 하지는 못하지만, 겁이 많은 덕분에 주인공 도로시와 좋은 친구가 될 수 있었다. 많은 이들이 멀리하고 싶어 하는 사자가 여러 친구들과 함께 우정을 나누며 긴 여정을 떠날 수 있었던 건 그가 겁이 많은 사자이기 때문에 가능한 것이었다. 혹시 지금도 낯을 가려서 고민인 사람이 있다면 이 말을 꼭 해주고 싶다.

"낯을 가리는 건 단점이 아니다. 개성이다."

나는 우리 팀에서 몇 번 타자일까?

프로야구를 좋아하는 나는 종종 야구 경기를 시청한다. 어렸을 때부터 야구팬이었지만 입시와 취업이라는 지난한 과정을 거치며 프로야구에 대한 관심이 줄어들었는데, 지금 직장에서 첫 출발을 야구 기자로 시작하면서 흥미가 되살아났다. 그렇다고 전문가 뺨치는 수준의 풍부한 관련 지식과 소양을 갖춘 수많은 재야의 고수처럼 야구를 잘 아는 건 아니고, 그저 내가 응원하는 팀 경기만 열심히 보며 경기 결과 하나하나에 일희일비하는 순수한 팬이다. 한때 응원하는 팀의 원정 경기를 보기 위해 서울에서 비행기를 타고 부산까지 간 적도 있으니 '찐팬' 정도는 되는 것 같다.

내가 야구를 좋아하는 이유는 그 안에서 인생을 보기 때문이다. 스토리와 감동이 없는 스포츠가 어디 있겠냐마는 야구는 우리가 사는 세상과 가장 닮았다고 생각한다. 대부분의 구기 종목이 어떤 상황에서든 한 골을 넣으면 똑같이 한 점을 주지만 야구는 그렇지 않다. 똑같은 코스의 안타를 쳐도 앞에 주자가 없으면 0점이고, 주자가 득점권에 있어야만 점수를 얻을 수 있다. 똑같은 비거리의 홈런을 쳐도 상황에 따라 어떨 때는 1점이고, 어떨 때는 한꺼번에 4점을 얻는다. 우리 인생도 그렇지 않은가. 노력에 따른 성과가 누구에게나 공평하게 돌아가지는 않는다. '도루'처럼 잠깐 방심하면 내 자리를 훔쳐가는 경우도 있고, 유독 심판의 재량이 커서 오심(誤審)의 가능성도 많은 야구처럼, 살다 보면 억울하지만 참고 받아들일 수밖에 없는 일도 생기는 게 인생이다.

사회에서 겪는 조직 생활도 야구팀의 그것과 매우 유사하다. 1번부터 9번 타자까지, 선발 투수부터 마무리 투수까지 모두에게 같은 듯 다른 역할이 부여된 야구팀처럼, 조직 역시 각자가 세분화된 다른 역할을 맡고 있고, 그 역할에 따라 주목도의 차이도 크다. 어느 팀이나 4번 타자나 선발 투수처럼 에이스 역할을 하며 가장 빛나는 팀원이 있고, 마무리 투수처럼 결정적인 순간에 등장해 위기를 잠재우고 최종적인 성과로 이끄는 사람이 있으며, 대타나 대주자처럼 평소에는 별로 쓰임이 없다가 어쩌다 한 번 꼭 필요한 때가 있는 사람도 있다.

그래서 야구 경기를 보다 보면 종종 이런 생각을 하곤 한다. '나는 지금 우리 회사에서 몇 번 타자 혹은 어떤 투수일까.' 내가 가장 끌리는 타자는 1번 타자다. 1번 타자에게 있어서 가장 중요한 역할은 '출루'다. 안타를 치든 볼넷을 고르든 번트를 대든 그것도 안 되면 몸에 공을 맞고 나가든, 일단 많이 나가는 게 중요하다. 그래서 뒤에 있는 간판타자들이 안타를 쳐 타점을 올릴 수 있는 기회를 만들어주고, 그들이 적시타를 쳤을 때 열심히 홈으로 뛰어들어 팀이 점수를 낼 수 있게 해야 한다.

1번 타자를 생각하면 가장 먼저 떠오르는 것이 흙먼지로 더러워진 유니폼이다. 가장 많이 달려야 하는 1번 타자의 특성상 대개 발 빠른 선수가 많다 보니 도루도 많이 한다. 매번 살아남기 위해 힘껏 달려가 흙바닥에 몸을 던지다 보니 1번 타자의 유니폼은 금방 더러워진다. 경기가 끝날 때쯤이면 깔끔한 유니폼을 입고 있는 스타 선수들 사이에서 혼자 흙으로 더러워진 유니폼을 입은 채 땀을 흘리고 서 있는 1번 타자가 가장 눈에 들어오고 마음이 짠하다. 야구를 볼 때마다 내가 우리 조직에서 그런 역할을 잘 해낼 수 있다면 참 보람 있을 것 같다는 생각을 하곤 한다.

투수로는 불펜 투수, 그중에서도 셋업 맨에 가장 마음이 간다. 셋업 맨의 역할은 팀의 에이스인 선발 투수와 마무리 투수 사이에서 실점을 막으며 둘을 연결해주는 것이다. 등판 날짜가 정해져 있는 선발 투수와 달리 언제, 어느 순간에 나올지 알 수 없으니 항상 긴장 속에서 대기해야 한다. 경기를 매조지하는 마무리 투수와 달리 승리의 순간에 마운드에 없으니 빛날 일도 잘 없다. 그래서 다른 투수들에 비해 수상의 기회도 적고 연봉도 상대적으로 적다.

하지만 강한 팀은 확실한 셋업 맨을 갖고 있는 팀이다. 약팀에도 간혹 훌륭한 선발 투수나 마무리 투수는 있지만 좋은 셋업 맨은 잘 없다. 선발 투수가 기껏 잘 던져도 제대로 된 셋업 맨이 없으면 팀은 한순간에 무너지고, 마무리 투수는 등판 기회조차 얻지 못한다. 훌륭한 조직에서 믿을 수 있는 셋업 맨으로서 팀의 에이스가 최고의 실력을 발휘할 수 있도록 돕고, 결과적으로 팀의 성과를 끌어올리는 게 내 성격에 잘 맞을 것 같다는 생각을 종종 한다.

조직 생활을 하다 보면 종종 자신의 재능이나 능력과 상관없이 무조건 4번 타자나 선발 투수만 꿈꾸는 사람들이 있다. 언제나 가장 빛나는 4번 타자 역할을 하는 동료를 부러워하고, 맨 앞에 이름을 걸고 나서는 선발 투수 역할을 하는 동료를 선망한다. 그러면서 그렇게 되지 못하는 자신을 자책하고, 심하면 자기 비하를 하기도 한다. 그렇게 잘나가는 동료와 자신을 비교하며 우울해하고, 그들을 시기하고 질투하다 조직에서 자신의 자리를 찾지 못한 채 시간을 다 보낸다.

어쩌다 그런 사람이 4번 타자나 선발 투수의 보직을 맡게 되면 더 큰 문제가 발생한다. 제 역할을 하지 못하는 그로 인해 주변 사람들이 힘들어지고, 조직은 큰 위기를 맞는다. 결국 그는 그 자리에 가지 않았다면 드러내지 않아도 됐을 자신의 부족한 역량을 적나라하게 노출시키고, 회생할 수 없는 재기 불능의 상태에 빠진다.

아무리 돈이 많은 구단도 모든 타자를 4번 타자감으로 채워 넣지 않는 데는 이유가 있다. 팀에는 다 각자의 역할이 있고, 그 역할 중 어느 하나 중요하지 않은 것이 없다. 최고의 팀은 모두가 4번 타자인 팀이 아니라, 모두가 각자의 역할에서 최고가 되는 팀이다. 번트가 필요할 때는 번트를 잘 대는 선수가 에이스고, 대주자가 필요할 때는 발 빠른 선수가 에이스다.

오래도록 리그에 남아 후배들의 귀감이 되는 훌륭한 선수들 중에는 오히려 4번 타자나 선발 투수가 아니었던 선수가 많다. 리그의 분위기 역시 갈수록 팀에 실질적인 기여를 많이 하는 사람이 인정받는 방향으로 변화해 가면서, 이제는 다양한 포지션에서 FA 대박을 터뜨리는 선수들이 나오고 있다. 조직에 필요한 역할은 많고, 역량 또한 다양하다. 4번 타자인 동료를 부러워하며 자신의 가치를 낮추기보다 내가 몇 번 타자에 맞는 사람인지를 냉철하게 바라보고, 그 역할에 가장 최적화된 사람이 되는 것. 그것이 조직 생활을 행복하게 하는 길이 아닐까.

함께 일하고 싶은 사람

'일은 내가 다 하는데, 왜 부장이 챙기는 건 항상 딴 사람이지?' 직장 생활을 하다 보면 이런 고민을 하는 사람이 적지 않다. 이들을 보면 이른바 '범생이'인 경우가 많은데, 자신에게 주어진 일을 정말 착실하게 열심히 하는 사람들이다. 일의 성과 달성을 최우선의 가치로 생각하고, 근무 시간뿐만 아니라 퇴근 후에도 일 생각에서 쉽게 빠져나오지 못한다.

열심히 하는 만큼 일도 많다. 이 사람이 없으면 빈자리가 티가 난다. 조직에서 꼭 필요한 사람이라고 할 수 있다. 그런데 정작 그가 있을 때는 그게 잘 보이지 않는다. 평소에는 그가 얼마나 중요한 사람인지 주변 사람들이 잘 인식하지 못한다. 그렇게 죽어라고 열심히 일하지만, 정작 윗사람이 챙기는 사람은 딴 사람이다. 그래서 우울하다.

군대에 있던 시절, 내가 딱 그런 사람이었다. 나는 시골 경찰서에서 전경으로 근무했는데, 내무반에 이런저런 잡일이 있을 때마다 열과 성을 다해 열심히 일했다. 군대에서의 일이라는 게 누군가가 많이 하면 다른 사람들은 편해지는 구조이기 때문에, 내가 열심히 일하면 선임들의 눈에 들 수 있을 거라고 생각했다. 선임이 곧 하늘인 군대 아닌가. 그렇게 시간이 흐르니 선임들도 나를 인정해주기 시작했다. 종종 나를 칭찬하는 얘기가 들려올수록 나는 더 열심히 했다. 나한테 일을 맡기면 믿을 수 있다는 분위기가 형성되자 나에게 오는 일도 많아졌다. 그 일들을 다 처리하느라 나는 매일매일 정신없이 바빴다.

그러던 어느 날 경찰서 정문 앞에서 보초를 서고 있을 때였다. 경찰서에 가보면 정문 앞에서 정자세로 서서 민원인이 찾아오면 용무를 묻고 안내하는 사람이 있는데, 당시에는 이게 모두 전경의 몫이었다. 사실상 경찰서의 얼굴 같은 역할이다 보니 다리를 어깨넓이로 딱 벌리고 두 주먹은 똑바로 떨군 채 정면을 응시하며 흐트러짐 없이 정자세를 유지하고 있어야 했다. 그렇게 같은 자세로 서 있다 보면 시간이 흐를수록 온몸이 굳는 느낌이 들 정도로 힘들다. 그래서 전경들은 매일 한 시간씩 서로 나눠서 근무를 했는데, 내게 주어진 한 시간이 그렇게 길게 느껴질 수가 없었다. 한참이 지난 것 같아서 시계를 보면 3분쯤 지나 있고, 또 한참 지나서 시계를 보면 1분밖에 흐르지 않은 경우가 허다했다.

그날도 그렇게 정자세로 서서 피곤함과 지겨움을 참아가며 시계와 싸우고 있는데, 근무 시간이 끝나기 5분 전쯤 내무반장에게서 전화가 왔다. 다음 근무자인, 나보다 두 달 먼저 들어온 선임이 중요한 일이 있어서 근무를 할 수 없으니, 나에게 한 시간 더 근무를 하라는 거였다. 끝나는 시간만 기다리며 버티고 있었는데, 이 지겨운 한 시간을 다시 원점에서부터 시작해야 하다니, 하늘이 노래지는 것 같았다.

하지만 선임의 명령에 따라야 하는 군대이다 보니, 별 도리 없이 고단함을 참아가며 연속 두 시간의 근무를 마쳤다. 다음 사람과 교대를 한 뒤 지친 몸을 이끌고 내무반으로 갔다. 온몸이 녹초가 되어 내무반 문을 열었는데, 안에서는 상상도 못 한 상황이 펼쳐져 있었다. 중요한 일이 있어서 근무를 할 수 없다던 그 선임이 내무반장 옆에서 바닥에 배를 깔고 누운 채 깔깔대며 비디오를 보고 있는 게 아닌가. 알고 보니 내무반장과 선임들이 그와 놀고 싶어서 나한테 그의 일을 시킨 것이었다.

그 장면을 보고 있자니 속에서 열불이 났다. 누구는 노는 사람이고 누구는 일만 하는 사람인가. 내무반 구석에 쭈그리고 앉아 열을 식히며 곰곰이 생각해봤다. 어디서부터 잘못된 걸까. 나는 누구보다 열심히 일하고 또 잘한다고 생각해왔는데, 왜 윗사람한테 이런 대우를 받고 있는 것인가.

내무반장 옆에서 바닥에 배를 깔고 누워 있는 선임을 바라봤다. 그는 항상 밝고 유쾌한 사람이었다. 그가 있는 곳은 항상 분위기가 좋았다. 군번 차이가 많이 나는 선임들과도 적절히 선을 지키며 즐겁게 지낼 줄 아는 사람이었다. 그렇다고 일을 못하는 것도 아니었다. 나처럼 일에만 매달려 있지는 않았지만 자기 일은 문제없이 처리했고, 동료에게 일로 폐를 끼치지도 않았다. 선임들로서는 그와 함께 있으면 즐거우니 계속 곁에 두고 싶어 할 만했다.

그럼 나는 어떤가. 늘 소처럼 일만 하는 나. 주변 사람들은 내 덕에 편해지니 좋긴 하지만 굳이 나와 함께 있을 필요는 없었다. 힘든 일은 나에게 시켜놓고 즐거운 일은 그 선임과 하면 되는 것이었다. 항상 밝은 에너지를 주는 사람과 늘 피곤한 얼굴로 있는 사람 중 함께 있고 싶은 사람은 누구겠는가.

직장 생활도 크게 다르지 않다. 상사들은 항상 일 잘하는 사람을 데려가려고 하지만, 가장 아끼는 사람이 꼭 그 사람과 일치하는 것은 아니다. 직장 생활도 결국 인간관계이고, 인간관계는 이성보다 감정의 영역에 속해 있다. 그러다 보니 평소 일할 때는 일 잘하는 사람을 찾지만, 결정적으로 중요한 순간 선택하는 사람은 가장 아끼는 사람이다.

그럼 상사가 가장 아끼는 사람은 누구일까. 같이 있으면 즐거운 사람, 즉 '함께 있고 싶은 사람'이다. '함께 있고 싶은 사람'이라는 말 속에는 많은 것들이 포함돼 있다. 일단, 직장에서 일 못하는 사람과 함께 있고 싶은 사람은 없다. 자기가 맡은 일은 충분히 문제없이 잘 처리하고, 조직의 성과에도 기여하는 사람이어야 한다.

그런데 그건 기본 요건일 뿐이다. 하루 일과 중

긴 시간을 함께 보내고 싶은 사람은 말이 통하고, 마음이 통하는 사람이다. 직장에서 연차가 쌓이고 직급이 올라갈수록 사람은 외로워진다. 고민할 것들이 많아지고 결정해야 할 것들이 늘어난다. 개인의 성과에 대한 조직의 판단과 평가는 더 냉정해진다. 그렇게 외로운 조직 생활에서 마음 터놓고 얘기할 수 있는 사람, 굳이 말하지 않아도 내 뜻을 알아주는 사람, 거기에 밝고 긍정적인 에너지까지 갖춘 사람이라면 누구나 함께 있고 싶을 수밖에 없다. 윗사람들은 그런 사람을 아끼고, 그런 사람을 챙긴다.

그렇다고 조직에서 무조건 윗사람의 구미에 맞춰 살고, 억지로 아부를 하자는 얘기는 아니다. 본심과 다른 억지 아부는 오히려 상대에게 거부감을 일으킬 수 있다. 내가 조직에서 함께 있고 싶은 사람이 어떤 사람인지 생각해보면 답은 쉽게 나온다. 내가 그런 사람이 된다면 내 주위에는 좋은 사람이 많아질 수밖에 없지 않을까. 조직 생활에서는 일을 잘하는 것도 중요하지만, 사람들이 좋아하는 사람이 되기 위한 노력도 필요하다. 다른 사람을 위해서가 아니라, 나의 행복을 위해서 말이다.

달리는 말도 채찍질만 하면 아프다

대학생 때 등록금을 벌기 위해 애타게 아르바이트 자리를 구하던 때가 있었다. 당시는 국가 부도의 위기였던 IMF 사태가 터진 직후라 평범한 대학생이 편한 과외 자리를 구하는 건 하늘의 별따기처럼 어려운 시절이었다. 거리를 지나다 창문에 서빙을 구한다는 공고가 붙어 있는 식당이나 카페를 발견하면 곧바로 문을 열고 들어가 아르바이트 자리를 문의했는데, 희한하게도 모든 사장님들의 대답이 똑같았다.

"아르바이트생 구했어요."

버젓이 창문에 아르바이트생을 새로 구한다는 공고문이 붙어 있는데도 가서 물어보기만 하면 다 이렇게 말했다. 그럼 공고문은 왜 붙여놓은 거냐고 물으면 역시 대답은 다 똑같았다.

"아, 그거 뗀다는 걸 깜빡했네."

처음에는 정말 아르바이트생을 구했는데도 깜빡 잊어먹고 공고문을 떼지 않은 건 줄 알았다. 순진하긴……. 다음 날, 또 그다음 날에도 사라지지 않고 같은 자리에 굳건히 붙어 있는 공고문들을 본 뒤에야 난 사장님들이 내게 했던 그 말의 의미를 해석할 수 있게 되었다.

'그 얼굴로? 됐거든!'

그러다 나에게 딱 맞는 아르바이트 자리를 찾았다. 노량진의 대형 입시학원에서 고등학생들을 대상으로 하는 논술 첨삭 아르바이트였다. 전공이 국어국문학인 데다, 논술 써본 경험이 많은 나에게는 안성맞춤이었다. 그런데 아르바이트 첫날, 열심히 첨삭을 해놓았더니 내 결과물을 본 다른 아르바이트생들이 배를 잡고 웃느라 자지러졌다.

"초등학생이야?"

초등학생처럼 삐뚤빼뚤한 내 글씨가 문제였다. 아

무리 좋은 내용을 써도 글씨가 초등학생이니 전혀 신뢰가 가지 않았다. 좀 어른 글씨처럼 보이려고 한 자 한 자 정성 들여 써보았더니 더 이상해져 봐줄 수가 없었다. 그렇다고 악필 교정이 하루 이틀에 되는 것도 아니었다. 내용으로 승부를 보기 위해 남들보다 더 정성을 들여 열심히 첨삭을 해보았지만 그날 이후 학원에서 다시는 연락이 오지 않았다(그때 교정 못 한 '초딩글씨'는 지금까지도 동료들의 놀림거리가 되고 있다. 이 글씨로는 도저히 친필 사과문도 쓸 수가 없으니, 사과문 쓸 일은 저지르지 말아야 할 것이다).

냉혹한 현실을 깨달은 나는 당시 골목 어귀마다 놓여 있던 지역 정보지를 한 아름 안고 집에 들어가 구인란을 열심히 뒤졌다. 그러다 눈에 띄는 아르바이트 자리를 하나 발견했다. 나이트클럽 웨이터였다. 마침 고등학교 동창 한 명이 학교를 졸업하자마자 강남의 한 나이트클럽에 웨이터로 들어갔다가 큰돈을 벌었다는 전설 같은 이야기를 친구들한테 들은 터였다.

먼저 전화로 면접 약속을 잡고 서울 홍대 앞의 한 유명 나이트클럽으로 향했다. 나이트클럽 앞에 도착하자 30대 후반으로 보이는 한 남성이 양복을 차려입고 밖으로 나왔다. 면접을 보러 왔다고 말하자 마치 형이 동생을 대하듯 친근하게 대해주었다. 왜 돈을 벌려고 하냐, 집안 사정은 어떻냐, 학교는 어떻게 다니는 거냐, 다정하게 물어보며 위로해주는데, 매번 얼굴을 보자마자 딱지부터 놓는 사장님들만 보다가 따뜻하게 대해주는 사람을 만나니 울컥하는 마음까지 들었다. 그런데 월급을 묻자 그때부터 분위기가 달라졌다.

"젊은 사람이 처음부터 돈 생각만 하면 안 돼. 처음에는 열심히 형들 명함 돌려주고, 술 마시고, 손님들 모시고 그러면서 배우는 거야, 그러다가 경험 쌓이면 독립해서 이름 알리고, 그런 뒤에 돈도 벌고 그러는 거지."

"그럼 언제부터 돈을 벌 수 있는 거죠?"

"글쎄, 그거야 너 하기 나름이지."

잠시 고민하다 아무래도 안 될 것 같다고 얘기하고 발길을 돌렸다. 어쩌면 모든 걸 걸고 그 일에 뛰어들면 정말 큰돈을 벌 수 있을지도 몰랐다. 하지만 당장 돈을 벌자고 꿈을 포기할 수는 없었다. 일을 하더라도 학교는 다녀야 했고, 공부도 해야 했다.

문제는 그렇게 학교를 다니면서 할 수 있는 아르

바이트가 많지 않다는 것이었다. 푼돈이라도 벌기 위해 찾은 건 학교 안에서 할 수 있는 단기 아르바이트 자리였다. 처음에는 학교 교우회에서 회보를 봉투에 넣어 교우들에게 발송하는 일을 했는데, 비교적 간단한 일이었지만 똑같은 동작을 수천 번씩 반복했더니 나중에는 멀미가 나는 것 같았다.

가장 힘든 건 졸업식에서 졸업 앨범을 나눠주는 일이었다. 내게 주어진 임무는 큰 비닐봉지에 앨범을 하나씩 넣어서 졸업생들에게 나눠주는 거였는데, 대학 졸업앨범이 상당히 무거웠다. 비닐봉지를 벌리고 그 무거운 앨범을 넣어서 졸업생들에게 나눠주느라 허리를 굽혔다 펴는 동작을 수천 번 반복했더니 허리가 끊어질 듯 아팠다. 굳이 봉지에 앨범을 넣어서 나눠주지 말고, 그냥 앨범과 비닐봉지를 함께 나눠주면 될 것 같았지만, 그걸 얘기했다가는 내 일자리가 사라져버릴 것 같아서 아무 말도 하지 않고 그 불필요해 보이는 일을 끝까지 다 마쳤다.

수입이 넉넉하지 않으니 허리띠를 바짝 졸라맸다. 식사는 학교 구내식당 중 반찬별로 따로 계산하는 곳에 가서 제일 싼 밑반찬들을 골라 해결했다. 처음 서너 개였던 반찬은 나중에는 두세 개, 이후에는 한두 개로 줄어들었다. 같은 과 선후배들이 모여서 시간을 보내는 학과 과방에는 한 번도 가지 못했다. 가서 후배들을 만나면 밥을 사줘야 하는데, 내 밥값도 넉넉하지 않은 상황에서 후배들 밥을 사줄 여유가 없었다.

그렇게 다음 학기 등록금도 벌지 못하고, 밥값도 떨어져가는 나에게 탈출구가 있었다. 무료로 밥도 먹여주고 잠도 재워주는 곳. 군대였다. 주변의 친한 친구들은 카투사를 준비하거나 위생병이 되기 위해 학원에 가기도 했지만, 난 당시 가장 빨리 갈 수 있었던 육군에 입대하는 것으로 힘겨웠던 아르바이트 구직 고난기를 마무리했다.

요즘 뉴스에서 아르바이트를 하며 학교 공부도 하고, 힘겹게 취업 준비까지 해야 하는 대학생들의 소식을 접하면 그 시절 내 모습이 떠올라 마음이 짠하다. 돌이켜보면 그때 그 시간들이 나를 성장시켜주었고, 내 인생의 디딤돌이 되어주었다. 하지만 그걸 다시 하라면 두 번은 못 할 것 같다.

얼마 전 MBC 예능프로그램 〈놀면 뭐 하니?〉에서 유재석 씨가 오랜 세월 무명으로 버티고 있는 개그맨 후배들에게 한 말이 인상적이었다.

"달리는 말에 너무 채찍질을 하면 말도 아파요."

열심히 앞만 보며 달리고 있는데도, 있는 힘을 다 해 뛰고 있는데도 계속해서 채찍질만 당한다면 말은 어떻게 될까. 젊은 시절 미래를 위해 열심히 사는 건 분명 가치 있는 일이지만, 다시 돌아오지 못할 젊음을 무언가를 위해 준비하는 것만으로 다 써버린다면 그건 너무나 안타까운 일이다. 내일을 위해 오늘이 꼭 고달플 필요는 없다. 아프지 않아도 청춘은 그 자체로 빛날 자격이 있다. 다양한 삶의 무게를 짊어진 오늘의 청년들이 그 짐을 내려놓고 좀 더 자유롭게 꿈을 꿀 수 있는 세상이 되었으면 좋겠다.

술 못 마시는 직장인의 자세

난 술을 잘 못 마신다. 소주 한 잔만 마시면 온몸에 붉은 반점이 생기고, 석 잔을 마시면 오바이트를 하느라 화장실을 문턱이 닳도록 드나들어야 한다. 술이야 잘 마시는 사람이 있으면 못 마시는 사람도 있는 것이고 술을 못 마시면 안 마시면 될 일이지만, 문제는 내 직업이 기자라는 것이다.

한 지역 방송사에서 처음 직장 생활을 시작했을 때 부서에서 술자리가 있을 때마다 난 술을 잘 못 마신다는 사실을 숨긴 채 선배들이 주는 잔을 넙죽넙죽 받아 마셨다. 자리를 가리지 않고 많은 사람을 만나야 하는 기자가 술을 못 마신다고 말하는 건 스스로 내가 자격 미달이라고 고백하는 것처럼 느껴졌다.

결과는 참혹했다. 술자리에 갈 때마다 소주 석 잔을 넘기면 화장실에서 오바이트를 하기 시작, 또 한 잔 마시고 오바이트, 다시 한 잔 마시고 오바이트……. 밤새 이 일을 수십 번씩 반복했다. 내가 술을 잘 못 마신다는 사실은 그렇게 수도 없이 속을 게워내고 눈물 콧물 쏟아가면서까지 숨기고 싶은 비밀이었지만, 얼마 못 가 탄로 날 수밖에 없었다. 내 동기들에게 술을 따라주던 선배가 화장실을 드나들며 녹초가 된 나를 가리키며 말했다.

"재는 안 돼. 난 재는 완전히 내놨어."

1년 뒤 그 회사에 사표를 내고 나와 1년 동안의 백수 생활을 거쳐 오매불망 바라던 회사에 다시 신입사원으로 입사했지만, 여전히 나에게 가장 큰 고민은 술을 잘 못 마신다는 거였다. 요즘 많은 비판을 받으면서도 여전히 대안을 찾지 못한 채 대부분의 언론사에서 그대로 유지하고 있는 출입처 중심의 취재 환경 속에서, 출입처의 중요한 정보를 갖고 있는 취재원을 내 사람으로 만들어 특종거리를 얻어내는 걸 과업으로 여기는 기자들에게 술은 기본이었다. 술 약속을 잡아 2차, 3차, 4차까지 이어지는 술자리를 거치며 '형님-동생'의 끈끈한 네트워크를 구축하고, 이렇게 만들어낸 은밀한 관계 속에서 특종거리를 얻어내는 것이 기본 룰인 이 바닥에서 술 못 마시는 기자는 무능력한 기자로 전락할 가능성이 컸다.

결국 회사를 옮긴 뒤에도 나의 '오바이트 셔틀'은 계속됐다. 술은 마실수록 는다고 하는데, 나는 시간이 갈수록 주량이 늘기는커녕 '한 잔 마시고 오바이트'가 오히려 '한 모금 마시고 오바이트'로 퇴보했다. 그래도 마셨다. 같은 출입처의 타사 기자들에게 밀리지 않고, 낙오되지 않으려면 악을 쓰고 버텨야 했다. 다른 사람 눈에 안 띄게 몰래 술을 버리려고도 해봤지만 한 명 한 명 차례대로 술잔을 비우며 마지막 한 방울까지 입에 들어갔는지 확인하는 파도타기 속에 나의 시도는 언제나 무력화됐다. 잔을 들고 이 자리 저 자리 돌아다니며 물을 마시듯 술을 들이켜면서도 얼굴색 하나 안 변하는 기자가 그렇게 부러울 수가 없었다. 만약 내가 술을 안 마시는 아랍 국가에서 태어났다면 지금보다 훨씬 더 일을 잘하지 않았을까 하는 생각도 해봤다.

그렇게 여러 해가 지나가고, 나는 점점 지쳐갔다. 나는 왜 나와 맞지 않는 직업을 선택해서 이 고생을 하고 있는 걸까. 언제까지 이런 불행한 삶을 살아야 하나. 후회를 거듭하며 몇 번이나 사표를 만지작거렸지만 여러 번의 취업 실패 속에 어렵게 들어온 회사를 다시 그만둘 용기가 나지 않았다.

그러던 어느 날, 그날도 중앙의 주요 출입처 국장과 얘기를 나누다 술 약속을 잡던 중이었다. 서로 날짜를 맞추다가 그 국장이 부하 직원들에게 우리 회사의 또 다른 기자도 함께하면 어떻겠냐고 물었다. 술도 잘 마시고 취재도 잘하는 유능한 특종 기자였다. 그런데 뜻밖에도 부하 직원들은 하나같이 손사래를 쳤다. 그 기자는 술을 너무 많이 마셔서 함께 마시면 도무지 집에 들어갈 수가 없고, 다음 날까지 보통 힘든 게 아니라는 이유였다. 다들 그 기자와 한 번 술자리를 한 이후로 다시는 같이 마시고 싶지 않다고 입을 모았다. 그들의 반응이 나에게는 신선한 충격이었다. 취재원도 술 많이 마시는 걸 싫어하는 사람이 있지 않겠나. 술 못 마시는 기자가 있듯, 술 못 마시는 취재원도 있는 게 당연한 일인데 난 나만 혼자 다른 사람인 것처럼 생각하며 나를 숨기고 살아왔던 것이다.

요즘은 정말 부득이한 자리가 아니면 억지로 술자리에 가지 않는다. 술자리에 가더라도 내 주량을 솔직하게 말하고 주량만큼만 잔을 든다. 저녁 약속을 잡게 되면 주점이 아닌, 상대방의 식성에 맞는 맛집을 찾아본다. 대신 상대방이 어떤 분야에 관심이 있는지, 어떤 걸 좋아하는지에 더 관심을 갖는다. 술에 취하지 않은 맑은 머리로 그의 얘기를 잘 기억했다가, 그가 좋아하는 분야의 책을 찾아 선물한다. 기회가 있을 때마다 전화나 메시지로 안부를 묻고, 상대에게 도움이 될 만한 좋은 정보가 있으면 공유한다. 나와 취향이 비슷하다면 함께 세미나에 참여해 공부를 하기도 한다. 술자리에서 한 번에 벽을 허물어버리는 것처럼 짧은 시간에 친해지지는 않지만, 오히려 이렇게 천천히 가까워지는 사람이 나와 더 잘 맞고 오래가는 것 같다. 이제는 더 이상 전처럼 나를 속여가며 불행한 방식으로 취재원과 관계 맺지 않는다. 그 시간에 좀 더 다른 곳에 눈을 돌려 마음이 잘 맞는 사람을 찾는 것이 더 현명한 길이라는 걸 알기에.

'할 수 있는 일'과 '하고 싶은 일'

기자 일을 시작한 지 햇수로 20년이 다 돼간다. 오랫동안 같은 일을 해오다 보니 좋은 추억 못지않게 좌절의 기억도 많다. 일이 잘 풀리지 않을 때는 직업이 내 적성에 맞지 않는 건 아닐까 고민도 많이 했다. 그런 고민이 가장 심각했던 때는 입사하고 5년쯤 지났을 때였다. 이제 더 이상 어리다는 이유로 실수를 용서받을 수 없는 연차, 내 능력을 보여줘야만 하는 시기였다. 잘해야 한다는 압박감과 빨리 무언가를 보여줘야 한다는 조급함이 끊임없이 나를 조여왔다. 하지만 의욕이 커지는 만큼 성과가 커지지는 않았고, 눈높이가 높아지는 만큼 능력치가 올라가지도 않았다. 나 자신이 초라하게 느껴지고, 하루하루가 우울했다. 처음 입사했을 때의 기쁨과 설렘은 흔적도 없이 사라지고, 매일 아침 출근하는 게 고통스럽게 다가왔다.

그러던 어느 날, 친구와 함께 기분 전환할 겸 뮤지컬 공연을 보러 갔다. 작품은 전설적인 그룹 아바(ABBA)의 흥겨운 음악들로 가득 찬 뮤지컬 〈맘마미아〉였다. 무대에서 펼쳐지는 화려한 춤과 신나는 음악에 흠뻑 젖어 있는데 갑자기 나도 모르게 눈물이 났다. 어린 시절, 뮤지컬을 하고 싶었던 꿈이 가슴속 밑바닥에서 되살아난 것이었다. 저들은 저렇게 좋아하는 일을 하며 즐겁게 사는데, 왜 나는 매일 직장에서 스트레스를 참아가며 고통을 받고 있을까. 아바의 신나는 음악에 맞춰 손뼉을 치고 몸을 흔들며 좋아하는 수많은 관객 속에서 나는 홀로 눈물을 흘리고 있었다.

그날 밤, 이불 속에 들어가 있어도 잠이 오지 않았다. 한참을 뒤척이다 인터넷을 접속했다. 혹시 나처럼 뮤지컬의 꿈을 포기하고 직장에 다니는 사람들이 또 있지는 않을까? 이런저런 키워드를 넣어 검색하기를 두세 시간, 포기하고 자려는데 한 동호회의 공고가 눈에 들어왔다. 직장인들이 모여 함께 뮤지컬 공연을 만드는 모임에서 회원을 모집한다는 내용이었다. 심장이 마구 뛰었다. 공고 내용을 꼼꼼히 읽어 내려갔다. 그런데 이럴 수가! 하루 전에 모집이 끝난 게 아닌가. 한참을 고민하다 동호회 회장에게 장문의 이메일을 보냈다. 내가 얼마나 간절하게 그들과 함께하고 싶은지 절절한 마음을 담았다. 내 진심이 통한 것인지, 다음 날 동호회에서 함께하자는 답장이 왔다.

그날 이후 나의 이중생활이 시작됐다. 평일에는 직장을 다니고 주말이 되면 연습실로 향했다. 연습실에 갈 때면 들뜬 마음을 주체할 수 없어 버스에서 내려 뛰어갔다. 연습실로 향하는 발걸음이 구름 위를 걷는 것 같았다.

그곳에서 나와 비슷한 직장인들과 함께 뮤지컬을 공부하고 공연을 만들어갔다. 직장에 갓 들어간 20대 여직원부터 쉰을 바라보는 중년의 아저씨까지 뮤지컬을 사랑하는 다양한 사람들의 열정이 모였다. 서비스직에 종사하는 한 회원은 다른 회원들을 부를 때마다 자꾸만 입에 밴 '고객님'이라는 호칭을 써서 모두를 박장대소하게 했고, 운송업에 종사하는 어떤 회원은 무대 장비를 옮길 차가 필요하다는 말에 연습실 앞으로 대형 트럭을 몰고 와 모두를 놀라게 하기도 했다.

공연에 필요한 모든 건 우리 스스로의 힘으로 해결해갔다. 버려진 나무들을 구해다가 직접 망치질을 해서 무대를 만들고, 시장에서 천을 사다가 손수 재단해가며 막을 만들었다. 무대 의상을 바느질하고, 소품을 구해 오고, 포스터와 전단지를 디자인하고……. 해야 할 일은 늘어가고 피로는 쌓여갔지만 누구 하나 힘든 줄 몰랐다. 볼품없는 무대에 관객은 지인들 몇 십 명에 불과했지만, 우리에게는 이 소박한 공연이 브로드웨이의 대형 뮤지컬보다 멋지고 자랑스러웠다.

공연이 거듭되면서 경험이 쌓이자 그 속에서 자연스럽게 내 적성도 모습을 드러냈다. 평소 글쓰기를 좋아했던 만큼, 뮤지컬 대본을 쓸 때 가장 즐겁고 행복했다. 대학로에 있는 한 창작 교실에 들어가 정식으로 뮤지컬 창작을 공부하고 대본을 써서 창작 뮤지컬 대본 공모전에 도전했다. 여러 번의 탈락 끝에 희소식이 찾아오기 시작했다. 대구국제뮤지컬페스티벌과 CJ문화재단이 주최하는 공모전을 시작으로 다수의 창작 뮤지컬 공모전에서 내 작품이 당선됐다. 물론 그러는 동안 당선보다 훨씬 많은 횟수의 탈락을 맛보았지만 그래도 좋았다.

내 머릿속에만 있던 이야기가 음악이 되고, 대사가 되어 무대에서 펼쳐지는 걸 지켜보는 건 꿈처럼 행복했다. 뮤지컬계에서 내로라하는 연출가와 스태프, 배우들이 내가 쓴 대본으로 공연을 만들어가는 건 그 자체만으로도 너무나 큰 영광이었다. 공연이 임박할 때면 퇴근 후 밤을 꼬박 새우며 대본을 고쳐서 연습실로 보내고, 그대로 다시 출근해 코피를 쏟아가며 일을 해야 했지만 내 안에서 나도 모르던 에너지가 끝없이 솟아났다.

더 놀라운 건 회사 생활의 변화였다. 내 피를 끓게 하는 다른 일이 생기면서 직장에서의 자아실현에 과도하게 집착하지 않게 되자, 부담감이 사라지고 스트레스가 줄어들면서 일하는 게 다시 즐거워졌다. 일을 즐기니까 자연스럽게 업무 능률도 오르고 성과도 좋아졌다.

'할 수 있는 일'과 '하고 싶은 일' 사이의 고민은 지금도 많은 직장인들이 쉽게 결론 내리지 못하는 영원한 '화두'다. 어렵게 들어간 직장에서 일을 하고 생계를 꾸려가야 하는 직장인에게 적성에 맞지 않으면 과감히 그만두고 '하고 싶은 일'을 찾아 떠나라는 조언은 공허한 외침에 불과하다.

난 마흔이 다 된 나이에 가슴속에 묻어두었던 꿈을 향해 다시 도전에 나섰지만 직장을 그만두지는 않았다. '할 수 있는 일'과 '하고 싶은 일' 중 꼭 하나만 하라는 법은 없다. 스스로 자신의 능력을 한 가지에 가둬둘 필요는 없다고 생각한다. 눈높이를 조금만 낮추면 우리가 할 수 있는 일은 훨씬 더 많아진다. 지금 이 순간, 자꾸만 마음속에서 꿈틀대는 무언가로 인해 고민하는 사람이 있다면 '할 수 있을까' '잘될까' '시간이 날까' 생각하지 말고 그냥 해 봤으면 좋겠다. 그럼 생각하지도 못한 어떤 일이 벌어질지도 모른다. 결국 잘되면 좋겠지만 잘 안 되면 또 어떤가. 꿈을 향해 달려간 시간은 그 자체만으로도 아름답다.

넉넉하지 않아서 더 행복한 것들

집에서 샤워를 하다가 문득 행복해지는 순간이 있다. 지금 내가 집에서 뜨거운 물을 마음껏 쓰고 있구나. 이렇게 생각을 하면 갑자기 행복해진다. 어렸을 적 내 소원 중 하나가 '뜨거운 물 나오는 집에서 사는 것'이었기 때문이다. 나는 고등학생 때까지 한 번도 뜨거운 물 나오는 집에서 살아보지 못했다. 봄, 여름을 지나 가을까지는 그럭저럭 살만한데 겨울이 되면 집에서 샤워는커녕 세수하는 것도 힘들었다. 특히 아침에 일어나서 세수할 때가 가장 끔찍한 순간이었다. 한겨울에 얼음처럼 차가운 물에 손을 넣는 건 거의 고문과도 같았다. 다행히 엄마가 부엌에서 가스레인지로 물을 끓여주면 조심스럽게 갖고 나와 세숫대야에 부은 뒤 찬물을 적당히 섞어서 세수를 하곤 했다. 그러다 가스통에 있는 LPG 가스가 떨어져 물을 끓일 수 없게 되면 손바닥에 살짝 물을 묻힌 뒤 얼굴에 비비기만 하는 고양이 세수를 하고는 학교로 달려갔다.

당시 막내 이모는 강남에 새로 지은 아파트에 살고 있어서 욕실에 뜨거운 물도 잘 나왔는데, 이모 집에 놀러 가면 난 엄마의 명령으로 무조건 목욕을 해야만 했다. 그날 아침에 공중목욕탕을 갔다 왔어도 상관없었다. 뜨거운 물 나오는 집에 왔으니 목욕을 하는 건 당연한 일이었다. 그때마다 생각했다. 나도 제발 뜨거운 물 나오는 집에서 살았으면……. 지금은 이렇게 아무 때고 뜨거운 물이 콸콸 쏟아지는 집에서 살고 있으니, 어린 시절의 간절했던 소원이 이뤄진 셈이다.

그때 이모 집에 가면 발코니에는 병에 든 음료수가 항상 플라스틱으로 된 상자에 가득 놓여 있었다. '미린다'라는 이름의 탄산음료였는데 지금의 오렌지맛 환타와 비슷했던 걸로 기억한다. 그 음료수를 볼 때마다 얼마나 마시고 싶었는지 모른다. 투명한 유리병 속에 밝은 주황빛을 머금은 영롱한 빛깔의 미린다. 아, 세상에 저렇게 아름다운 음료수가 있을까. 이름까지 뭔가 환상적인 느낌을 주는 그 음료수를 볼 때마다 침이 꼴깍꼴깍 넘어갔다.

하지만 난 차마 이모에게 그 음료수를 마셔도 되냐는 말을 꺼내지 못했다. 이모는 배려심 깊고 항상 남을 잘 챙겨주는 사람이었지만, 어린 마음에 귀한 뜨거운 물로 공짜 목욕을 해놓고 음료수까지 달라는 건 너무 염치없는 짓 같았다. 그렇다고 10원 한 푼 아끼려고 애쓰는 엄마에게 사 달라고도 할 수 없어서 그 아름다운 미린다를 눈으로만 감상한 채 입맛만 다시며 집으로 돌아갔다. 그때 그 음료수가 얼마나 마시고 싶었던지, 지금도 편의점이나 마트에 갔다가 음료수 코너를 보면 주황색 환타가 제일 먼저 눈에 들어온다. 지금은 탄산음료를 썩 좋아하지 않아 자주 마시지는 않지만, 가끔 그걸 마실 때면 어릴 적 그렇게도 애타게 갈망했던 음료수를 이제는 마음껏, 배 터지게 마실 수 있다는 사실에 한 모금 한 모금 넘길 때마다 너무나 행복하다.

여담이지만, 그 음료수가 상자 째로 이모 집 발코니에 있었던 이유는 집에 우체부 아저씨나 경비 아저씨가 오시면 드리기 위해서였다고 한다. 최근에 알게 된 사실이다.

마트에 가서 카트를 밀 때도 난 종종 행복감을 느낀다. 어렸을 때 엄마와 함께 가끔 백화점이나 대형 슈퍼마켓에 구경을 가면 많은 사람들이 쇼핑을 하면서 카트를 밀고 다녔는데, 우리는 한 번도 카트를 밀어본 적이 없었다. 알뜰한 엄마는 기본적으로 쇼핑을 잘 안 했고, 필요한 생필품은 항상 전통시장에 가서 상인들과 실랑이를 벌이며 한 푼이라도 더 깎아서 샀기에 매끈하게 잘 차려진 매장에서는 살 게 없어서 카트를 밀 필요가 없었다. 그저 바구니 하나 들고 다니며 눈으로 구경만 하다가 파격 세일 물품을 발견하면 바구니에 넣고, 별다른 세일 품목이 없으면 빈 바구니를 내려놓고 그대로 나오곤 했다. 그때 카트에 물건들을 꽉꽉 채운 채 개선장군처럼 당당하게 계산대로 향하는 사람들은 정말 대단한 부자처럼 느껴졌다. 언제쯤 나도 저렇게 멋지게 카트를 밀어볼까. 반질반질한 바닥 위에서 살짝만 밀어도 바퀴가 때굴때굴 굴러가는 카트는 나에게 부(富)의 상징과도 같았다.

어렸을 때 워낙 물건을 사지 않던 게 몸에 배서인지, 난 지금도 쇼핑에 별 관심이 없다. 구두는 몇 년에 한 번씩 밑창을 갈아서 신고, 옷은 대부분 10년 이상 입는다. 심지어 벨트는 25년째 같은 걸 사용하고 있어서 윤이 반들

반들하게 난다. 꼭 돈을 아끼고 싶어서라기보다는 물건 사는 것에 취미가 없다 보니 똑같은 것을 계속 쓰게 된다. 하지만 마트에 가서 카트를 미는 건 언제나 즐겁다. 마트에 갈 때면 고른 게 별로 없어도 반드시 카트에 싣고 씽씽 달린다.

샤워 꼭지에서 나오는 뜨거운 물줄기 하나로, 천 원 한 장이면 살 수 있는 음료수 하나로, 마트에서 미는 카트 하나로 누릴 수 있는 이 행복들은 어린 시절 우리 집이 넉넉했다면 지금 결코 누릴 수 없는 것들이다. 평생 부족함 없이 살아온 사람들이라면 가진 것이 많더라도 이런 행복은 모르지 않을까. 어린 시절 더 넉넉한 집에서 자랐다면 더 좋은 것들을 접할 기회가 많았을 수도 있지만, 오히려 그때 좀 넉넉하지 않았기에 나는 지금 더 많은 행복의 기회를 갖고 있다고 생각한다. 굳이 큰 걸 얻지 않아도 내가 가진 작은 것에서 느낄 수 있는 이 행복은 어린 시절의 가난이 나에게 준 선물이 아닐까. 세상에 부딪쳐 힘들고 지칠 때 지난 시절의 어려움을 생각하면 위로가 될 때가 있다. 과거의 고난이 지금의 고난을 이겨낼 수 있는 힘이 돼주는 것이다.

그런데 이런 행복은 예전보다 지금의 삶이 조금이라도 더 나아졌다는 것을 전제로 한다. 나의 여건이 전보다 더 좋아졌거나, 설사 나에게 큰 변화가 없더라도 최소한 내가 살고 있는 이 세상이 나에게 보장해주는 것이 많아져야 누릴 수 있는 행복인 것이다. 하지만 지금 청년들은 어쩌면 최초로 부모 세대보다 못사는 세대가 될지도 모른다는 우려의 목소리가 나오고 있다. 많은 청년이 장년이 됐을 때 오히려 어렸을 때보다 못한 삶을 살아야 한다면, 그럼에도 그들을 위해 사회가 보장해주는 것이 없다면 그 사회는 결코 건강할 수 없을 것이다. 지금의 청년 세대가 겪고 있는 경제적, 사회적 어려움이 결코 개인만의 문제가 아닌 이유이다. 하루가 멀다 하고 청년 문제가 뉴스를 장식하고, 선거 때가 되면 저마다 청년 정책을 내놓지만 여전히 청년은 주체가 되지 못하고, 청년 정책은 더디다. 정책을 연구하고, 만들고, 집행하는 사람들이 진심으로 청년 문제를 내 일처럼 생각하기를 바란다. 그래서 청년들이 내일은 분명 더 나을 거라는 꿈을 꿀 수 있기를, 그 속에서 일상의 작은 행복들을 누릴 수 있게 되기를 바란다.

친구의 자격

친구는 꼭 필요할까? 친구를 어디까지로 정의하느냐에 따라 그 의미가 달라지겠지만, 보통 친구라 말할 때 우리가 느끼는 감정을 떠올려본다면 일반적인 의미의 '친구'란 '서로 의지할 수 있고, 깊은 속내를 털어놓을 수 있는 사람' 정도가 아닐까 싶다.

요즘 SNS를 보면 친구가 적다는 것, 혹은 친구가 별로 없다는 게 고민인 사람이 많다. 드라마나 영화 속 아름다운 우정에 감동받으며 '나는 왜 저런 친구가 없을까' 생각하면서 외로움을 느끼고, 자신의 사회생활에 문제가 있는 건 아닐까 고민하기도 한다. 심지어 그런 인간관계를 맺지 못한 자신을 패배자처럼 여기는 경우도 있다. 그런데 요즘 그렇게 친구가 별로 없어서 고민인 사람이 많다는 건 어쩌면 그런 친구가 적거나, 더 나아가 없는 것이 더 자연스러운 일이기 때문은 아닐까?

'친구' 혹은 '우정'에 대한 격언은 유난히 많다.

"친구는 나의 기쁨을 배로 하고, 슬픔을 반으로 한다." _**키케로**

"나보다는 상대방을 생각하는 우정, 이러한 우정은 어떠한 어려움도 뚫고 나아간다." _**무어**

"친구란 두 신체로 겹쳐진 하나의 영혼이다."

_**아리스토텔레스**

이런 격언들을 보고 있으면, 그렇게 깊은 우정을 가진 친구가 없는 사람은 정말 인생 헛 산 거 같다는 느낌이 든다. 자신보다 나를 더 생각해주는 친구가 몇 명은 있어야 할 것 같고, 친구를 위해 기꺼이 나를 희생할 수 있어야 할 것 같고, 나의 기쁨과 슬픔을 온전히 친구들과 나눠야 할 것만 같다.

그런데 이 시대에 꼭 그렇게 깊고 진한 관계를 맺는 사람만을 친구라고 할 수 있을까? 우정에 대한 그런 신화 같은 믿음이 만들어진 시대의 사회상을 생각해보면 지금과는 인간관계가 근본적으로 달랐다. 동서양을 막론하고 한 사람이 평생 접하는 사회의 범위가 매우 제한적이었으며, 당연히 평생 교류할 수 있는 사람도 한정돼 있었다. 인간관계의 형성 방식도 오직 직접 대면하는 것밖에 없었다.

개인의 지식과 능력치의 한계 역시 분명해, 우리의 '두레'처럼 서로 힘을 보태 일을 해야만 살 수 있는 사회였다. 따라서 깊은 관계의 사람을 얼마나 확보하느냐는 곧 생존의 문제였을 것이다. 그런 사회에서 내 모든 걸 함께 나눌 수 있는 친구를 만드는 건 인생의 성패를 결정짓는 중요한 요소일 수밖에 없었을 것이다.

하지만 지금 세상이 어디 그런가. 한 사람이 접할 수 있는 사회의 범위는 거의 무한대로 확장됐다. 인터넷을 통해 지구 반대편의 사람과 친구가 될 수 있고, 성별이나 나이와 관계없이 우정을 나눌 수 있다. 굳이 직접 얼굴을 보고 만나지 않더라도 그들에게 내 속이야기를 털어놓을 수 있고, 관심사가 같은 사람들과 시간에 구애를 받지 않고 즐거운 이야기를 나눌 수도 있다.

반면 도가 지나친 관심은 요즘처럼 개인의 프라이버시가 존중받는 시대에는 오히려 부담이 되기도 한다. 나의 슬픔을 누군가와 함께 나누는 것도 좋지만, 나의 아픈 부분이나 내밀한 얘기를 굳이 주변 사람들한테 털어놓지 않고 나 혼자 간직하고 싶은 경우도 많다. 오히려 깊지는 않더라도 서로에게 좋은 에너지를 주는 '얕고 넓은 관계'가 삶을 더 윤택하게 할 수도 있다. 동호회에서 만난 사람과 같은 취미를 공유하는 것만으로도 인생이 즐거워질 수 있고, SNS를 통해 알게 된 비슷한 생각을 가진 사람과 대화하는 것만으로도 많은 위로를 받을 수 있다. 깊지는 않더라도 서로 적당한 거리를 지켜주고, 그 안에서 과하지 않은 감정을 교류하는 관계가 더 긍정적인 친구 관계일 수 있는 것이다.

그럼에도 여전히 친구에 대한 생각은 예전 시대의 신화가 지배하고 있는 느낌이다. 사람들은 여전히 오랜 격언 속 그런 친구가 있어야 한다는 압박을 받고, 그런 친구를 잘 만들지 못하는 자신을 탓한다. 그러다 보면 어린 시절, 또는 학창 시절 마냥 좋았던 친구들을 떠올리며 지나간 우정에 집착하게 된다. 그때 그토록 친했던 친구가 왜 지금은 이렇게 멀어진 것인지, 영원토록 변치 않을 것 같던 우정이 왜 이렇게 빛이 바래버렸는지 생각하며 아쉬워한다.

하지만 아무리 뜨거웠던 우정도 한번 지나가고 나면 다시 돌아오지 않는다. 밤이 새도록 떠들어도 할 얘기가 남았던 찰떡궁합 같던 친구도 오랜 시간이 흐른 뒤 다시 만나면 예전처럼 할 얘기가 넘치지 않는다. 시간이 흐르며 각자 처한 상황이 달라지고 주변 환경이 바뀌면서, 자연히 서로의 관심사가 변하고 고민의 양태도 달라졌기 때문이다.

영화 〈내 여자 친구의 결혼식(Bridesmaids)〉에서 주인공 애니는 실수로 오랜 친구의 약혼식을 망친 뒤 괴로워하며 말한다.

"이제 난 친구가 없어."

하지만 약혼식을 통해 새로 알게 된 메건은 그녀를 걱정하며 찾아와 묻는다.

"너는 왜 나는 친구가 아니라고 생각해?"

친구란 '오래되고 깊이 아는 사람'이 아니라, '지금 이 순간 곁에 있는 사람'이라는 의미다. 새로 만난 메건을 친구로 생각하지 않았던 애니는 오히려 '자신을 잘 모르는' 메건과 새로 맺은, 얕지만 따뜻한 우정을 통해 위로를 받고 다시 일어설 힘을 얻는다.

이제 친구의 정의, 우정의 의미도 달라져야 하지 않을까. 내 모든 걸 아는 친구, 오래 숙성된 우정이 가치 없다는 얘기는 아니다. 하지만 그렇게 전통적인 의미에서의 깊은 관계만을 친구라고 생각한다면 지금 우리가 맺는 새로운 유형의 다양한 인간관계는 모두 친구가 아닌 게 돼버린다. 달라진 세상에서 과거의 기준으로 지금의 내 인간관계를 폄하하며 친구가 없다고 한탄하고 자신을 사회생활의 패배자로 여긴다면, 그래서 그런 친구를 만들기 위해 너무 많은 에너지를 쏟아야 하고, 그런 우정을 지키기 위해 너무 많은 감정을 소모해야 한다면, 그런 친구는 차라리 없는 게 낫다. 비록 깊지 않더라도, 오래되지 않았더라도, 직접 만날 수 없어도, 누구나 친구는 많다. 단지 친구임을 모르고 있을 뿐이다.

실패는 정말 성공의 어머니일까?

"실패는 성공의 어머니"라는 말이 있다. 어떤 도전에서 실패해 좌절에 빠져 있는 사람에게 흔히 하는 위로의 말이다. 워낙 유명한 말이어서 속담인 줄 아는 사람도 많은데, 그 유명한 발명왕 에디슨이 한 말이다. 에디슨이 어떤 사람인가. 최초로 전구를 발명하고 1,300건이 넘는 특허를 보유했던 사람이 아닌가. 하나의 발명을 위해 끝없는 실패를 거듭한 끝에 발명가로서 최고의 자리에 오른 사람이 한 얘기이니 그 말의 진정성에는 의심의 여지가 없을 것 같다. 그럼에도 의문이 남는다. 정말 실패가 성공의 어머니일까?

지겨울 정도로 실패를 많이 경험해본 나로서는 실패했을 때 저 말이 위로가 된 적이 한 번도 없다. 중고등학생 시절 나는 '공부를 썩 잘하지 못하는 모범생'이었다. 차라리 실컷 놀기라도 했으면 억울하지 않으련만, 내 나름으로는 정말 열심히 공부를 하는데도 이상하게 성적은 계속해서 하향 곡선만을 그렸다. 매 시험마다 받아 드는 '실패의 성적표'는 나를 끝없이 좌절하게 했고, 심각한 자기 모멸감에 빠지게 했다. 그 정도밖에 안 되는 초라한 내 자신이 너무나 싫었다. 청소년기를 되돌아보면 지독한 열등감에 사로잡혀 있던 우울한 시간들이 떠오른다.

그런 내가 재수생이 된 건 필연이었다. 재수 생활을 시작한 이후에도 나는 한동안 열등감에서 쉽게 빠져나오지 못했다. 그럼에도 학업을 포기하지 않을 수 있었던 건 어쩌다 한 번 성적이 잘 나온 모의고사 때문이었다. 재수 생활을 시작하고 서너 달이 지나서 본 모의고사가 이전의 시험들과 달리 유난히 성적이 잘 나왔다. 유독 내가 공부한 곳에서 문제가 많이 나왔고, 찍은 것도 척척 맞아서 성적이 잘 나온 거였다. 그런데 한번 성적 향상을 경험해보니 그 짜릿함이 대단했다. 그 힘으로 나는 다시 책상 앞에 앉았고, 결국 나에게 잘 맞는 공부 방법을 찾을 수 있었다. 만약 그 한 번의 경험이 없었다면 나는 계속해서 열등감의 터널에서 빠져나오지 못했을 것이다.

취업 때도 마찬가지였다. 3년 동안 실패를 거듭하면서 내 머릿속에 떠올랐던 건 '난 해도 안 돼'라는 좌절감뿐이었다. 입사 시험에서 떨어질 때마다 모든 걸 내려놓고 싶었다. 하지만 그때 나를 붙잡아준 건 한 작은 회사에서의 취업 성공 경험이었다. 그 경험이 '어쩌면 내가 할 수 있을지도 모른다'는 기대감을 놓지 않게 해주었다. 돌이켜보면, 언제나 실패로 주저앉은 나를 다시 일으켜 세워준 건 수많은 실패의 경험이 아니라 한 번의 작은 성공의 경험이었다.

이건 순전히 내 추측이지만, 난 에디슨이 끝없는 실패 속에서도 포기하지 않고 평생 발명의 길을 걸을 수 있었던 건 그에게 성공의 경험이 있었기 때문이라고 생각한다. 만약 에디슨이 성공의 경험 없이 계속 실패만 거듭했다면, 그래도 계속 도전할 수 있었을까? 성공의 달콤함을 맛보았기에, 어떻게 하면 그 길로 갈 수 있는지를 알았기에 수많은 실패도 그의 길을 막지 못했던 것 아닐까?

우리 회사 보도국에서 옛날부터 전해 내려오는 말 중에 "특종도 습관이다"라는 말이 있다. 특종도 해본 기자가 계속한다는 뜻이다. 그래서 신입 기자가 들어오면 선배들은 그에게 특종 습관을 만들어주려 애를 쓴다. 신입 기자 한 명당 전담 교육 기자 여러 명이 달라붙어서 아주 세세한 것까지 다 관리한다. '여기 가봐라' '저기 가봐라' '이거 물어봤냐' '저건 알아봤냐' 여러 선배가 돌아가며 끊임없이 몰아붙이고 압박한다.

신입 기자는 정말 괴롭다. 도대체 잘하는 건 아무것도 없고, 되는 일도 없다. 하루하루가 가시방석이다. '아, 나는 기자 체질이 아닌가 봐' '적성에 안 맞나 봐' '회사를 그만둬야 하나 봐'라는 생각을 하루에 수십 번씩 하면서도 차마 사표는 내지 못해 반쯤 영혼이 나간 얼굴로 꾸역꾸역 여기저기를 들쑤시고 다닌다.

그러다 어느 순간, 소가 뒷걸음치다 쥐를 잡듯 작은 단독 취재거리 하나를 찾아낸다. 뉴스에는 나가지도 못할 소소한 이야깃거리 수준이다. 하지만 거기서 느끼는 희열은 엄청나다. 고생 끝에 이룬 작은 성공으로 크나큰 기쁨을 맛본다. 그렇게 한번 성공을 하고 나면, 그다음에는 같은 방법으로 취재를 하다 비슷한 단독 취재거리를 혼자 또 찾아낸다. 그렇게 작은 단독 취재를 하나하나 늘려가다 보면 나중에는 대형 특종을 하는 기자로 성장한다. 그때쯤 되면 더 이상 그에게 매달려 있는 선배는 없다. 어느덧 혼자 힘으로 특종을 할 수 있는 기자가 돼 있는 것이다.

만약 아직 취재가 뭔지도 모르는 신입 기자에게 '실패는 성공의 어머니'라면서 계속 혼자 실패를 거듭하며 도전하라고 내버려둔다면, 그 기자는 결국 제대로 길을 찾지 못하고 헤매다가 좌절할 가능성이 크다. 되돌아보면 회사가 분위기가 좋고 성과가 좋을 때는 젊은 기자들에 대한 이런 시스템이 잘 작동해서 계속해서 새로운 인재들이 탄생했다. 반대로 이 시스템이 망가졌을 때 회사는 가라앉았다.

그래서 나는 '성공의 어머니는 성공'이라고 생각한다. "콩 심은 데 콩 나고, 팥 심은 데 팥 난다"는 말도 있지 않은가. 작은 것을 성공해내는 경험을 쌓음으로써 나만의 성공 방정식을 만들어야 성공의 길도 찾아낼 수 있다. 그러려면 우리 사회가 평범한 사람들이 성공의 씨앗을 심을 수 있는 밭을 만들어주고 물을 줘야 한다. 성공할 수 있는 기회는 만들어주지 않은 채 '실패를 두려워 말고 도전하라'라는 말만 반복하는 건 씨도 안 뿌리고 수확을 기다리라는 것과 같다.

지금은 몇 번 넘어져도 혼자 힘으로 다시 일어나 달려갈 수 있었던 고도 성장기가 아니다. 나이와 세대를 떠나, 누구나 뭘 해도 실패하기 쉬운 게 요즘이다. 더 큰 문제는 한번 실패하면 재기를 꿈꾸기 어렵다는 것이다. 넘어져 있는 사람에게 필요한 건 위로가 아니라, 다시 기대서 일어날 수 있는 지지대이다. 그들에게 성공의 씨앗을 뿌릴 밭 한 뙈기 줄 게 아니라면, 거기에 물 한 통이라도 부어줄 게 아니라면, 함부로 '실패가 성공의 어머니'라는 말은 하지 않았으면 좋겠다.

2장

나를 지키며 일한다는 것

거절이 필요한 순간

나는 누가 부탁을 하면 좀처럼 거절을 못 하는 사람이었다. 내가 하고 싶지 않거나 하기 어려운 일이라도 누군가 부탁을 하면 어떻게든 해줄 수 있는 방법을 찾았고, 웬만큼 내가 손해를 보더라도 들어주기 위해 노력했다. 직장 동료들의 휴일 근무 변경 요청부터 때로는 돈을 빌려달라는 곤란한 부탁까지, 나에게 오는 주변 사람들의 부탁은 들어줄 수 있으면 들어줬다.

'거절'이라는 단어는 내 맘속에 마치 금기어처럼 새겨져 있었다. 거절당한 뒤 민망해할 상대의 얼굴을 보고 싶지 않았고, 상대의 마음에 조금이라도 앙금이 남는 것을 바라지 않았다. 거절 이후 혹시나 서로 껄끄러운 관계가 되지는 않을까 두렵기도 했다.

거절하는 방법을 잘 몰랐던 탓도 크다. 마음속에 거절하고 싶은 강한 욕구가 있어도 그걸 어떻게 꺼내야 할지 몰랐다. 어떤 식으로 거절을 해야 할지, 무슨 말을 해야 할지 몰라 안절부절못하다가 끝내는 아무 말도 하지 못한 채 부탁을 들어준 경우가 많았다.

그런데 어느 순간부터 이렇게 좋은 관계를 지키기 위해 거절하지 못하는 태도가 오히려 관계를 더 망치고 있다는 걸 알게 됐다. 직장 동료 중에 유난히 휴일 근무 날짜를 바꿔줄 것을 자주 부탁하는 사람이 있었다. 그 사람이 부탁할 때마다 나는 언제나 거절하지 않고 근무 날짜를 바꿔줬다. 심지어 지인과 약속을 잡아놓거나, 내가 뭔가를 하려고 계획을 세워놓은 주말조차 그 동료가 정말 중요한 일이 있다며 근무 날짜를 바꿔달라고 하면 내 일을 다른 날로 미루면서까지 바꿔주기도 했다.

하지만 정작 내가 꼭 필요해서 근무 날짜를 바꿔줄 것을 부탁하자 그 동료는 칼같이 거절했다. 그다음에도,

또 그다음에도. 거절이 반복되자 억울한 마음이 들기 시작했다. '나는 매번 바꿔줬는데 저 사람은 어떻게 이럴 수가 있지?' 그동안 손해를 보면서까지 그의 부탁을 들어줬던 내 행동이 후회스러워졌고, 그 동료에 대한 호감도까지 떨어졌다. 그가 또 다시 부탁을 해오면 무조건 거절해야겠다는 옹졸한 마음도 생겨났다.

과연 이게 그 동료의 잘못이었을까? 공교롭게도 그 동료는 내가 부탁할 때마다 정말 사정이 있어 거절할 수밖에 없었을 수도 있다. 그가 내 부탁을 들어주지 않았다는 이유만으로 그를 예의가 없거나 이기적인 사람이라고 단정 지을 수는 없다. 내가 그의 부탁을 들어줬다 해서 그가 자기 일을 다 제쳐놓고 내 부탁을 들어줄 수는 없는 노릇 아닌가.

잘못은 부탁을 들어줄 때와 그러지 말아야 할 때를 구분하지 못한 나한테 있었다. 그가 먼저 나에게 부탁했을 때 내가 그럴 사정이 못 되거나 내키지 않는다면 적절히 상황을 이야기하고 거절했어야 했다. 그랬다면 그가 이후에 같은 상황에서 내 부탁을 거절했다고 해서 크게 서운할 일은 없었을 것이다. 거절할 건 거절할 줄도 알아야 했는데, 제대로 선을 그을 줄 몰랐던 내 태도가 결과적으로 상대에 대한 반감을 키우고 관계를 해쳤던 것이다.

그런 내 태도를 이용하려는 사람도 있었다. 어느 날 회사에서 상사 한 명이 나를 부르더니 힘든 일을 하나 맡아줬으면 좋겠다고 말했다. 사람들이 다 하기 싫어하는 일이라 부탁하기가 쉽지 않은데, 지금 그 일을 할 수 있는 사람이 나를 포함해 두 명밖에 없다며 나보고 해달라고 말했다. 그 일은 그야말로 아무런 보람 없이 고생만 하는 잡일이었다. 평소 내게 주어지는 일에 대해서는 그것이 무엇이든 가급적 즐겁게 하자는 생각을 갖고 있기에 기꺼이 그 일을 맡으려고 했다. 그런데 문득 지금 그 일을 할 수 있다는 다른 한 명에게는 부탁하지 않고 왜 나에게만 부탁하는지가 궁금해졌다. 그래서 그 이유를 묻자 상사가 당연하다는 듯 말했다.

"걔는 거절을 잘하는데, 너는 거절 못 하잖아."

'내가 더 잘해서' 혹은 '나를 믿어서'가 아니라 '내가 거절을 못 해서'가 이유라는 상사의 솔직한 말을 듣자 깨달음이 밀려왔다. '아, 호구란 게 이런 거구나.'

나는 그날 회사에 들어와서 처음으로 '거절'을 했다. 그리고 그날 이후 거절의 원칙이 생겼다. 누군가 내게 어려운 부탁을 해오면 그것을 들어주는 것이 나도 즐겁고 상대도 즐거울 때에만 들어준다. 내가 누군가의 부탁을 즐거운 마음으로 들어주고, 그 도움으로 상대의 곤란한 일이 해결되는 모습을 보면서 보람을 느끼게 된다면 그 자체가 나에게도 기쁨이 되니 더 바랄 것이 없다.

반면, 내 마음이 내키지 않고 내가 즐겁지 않은 부탁은 분명히 거절하기로 했다. 내가 하고 싶지 않은 일을 오직 상대를 위해 희생하고 헌신한다는 생각으로 하게 되면, 상대가 내 마음을 알아주기를 바라게 되고 어떤 식으로든 보상을 기대하게 돼, 그 기대가 깨졌을 때 상대와의 관계도 깨지게 되기 때문이다.

〈보왕삼매론(寶王三昧論)〉에 이런 말이 있다.

> "덕을 베풂에 있어서 대가를 바라지 말라. 대가를 바라면 원망하는 마음이 생기게 되니, 덕 베푼 것을 헌 신처럼 버려라."

이제 누군가 나에게 어려운 부탁을 했을 때 그 부탁을 들어준 것을 헌 신처럼 버릴 수 있을 정도로 내 마음이 움직이지 않을 때에는 상대에게 솔직하게 내 사정을 이야기하고, 이해를 구하며 거절의 뜻을 밝히려 노력한다. 물론 평생을 거절 못 하고 살아온 내가 누군가의 간곡한 부탁을 딱 잘라 거절하기는 여전히 쉽지 않다. 거절을 해야 할 때마다 어떤 말로 완곡하게 내 의사를 전달해야 할지 한참을 고민하고, 거절당한 상대의 눈빛을 마음 졸이며 바라본다. 그럼에도 진심 없는 호의보다는 솔직한 거절이 소중한 사람들과의 관계를 더 단단히 한다고 믿는다.

싫은 소리 하는 사람과 잘 지내는 법

주변 사람에게 듣기 싫은 소리를 입버릇처럼 하는 사람이 있다. 대표적인 사람이 여러 사람이 있는 자리에서 누군가의 콤플렉스를 농담의 소재로 올리는 사람이다. 이런 사람들은 보통 자신이 꽤나 유머러스한 사람이라고 생각해서, 수시로 당사자가 언급하고 싶지 않거나 숨기고 싶은 부분을 콕콕 집어 장난 삼아 얘기한다. 그러다 당사자가 기분 나쁜 내색이라도 하면 오히려 그 사람을 탓한다.

"야, 다 웃자고 한 얘기잖아."

"너는 예능을 다큐로 받냐?"

이런 사람들은 당사자에게는 불쾌한 농담이 재미있다고 생각하기 때문에 그런 식의 농담을 한 번에 그치는 것이 아니라 기회가 있을 때마다 반복적으로 한다. 당사자는 기분 나쁘고 불쾌하지만 내색하기 쉽지 않다. 그 상황에서 정색하면 '쿨하지 못한 사람'이나 '지나치게 예민한 사람'으로 매도당할 수 있기 때문이다. 사실 농담으로 언급된 부분에 대해 평소 신경 쓰지 않았는데도, 불쾌한 농담에 불편한 감정을 노출했다가는 마치 그 부분에 대단한 콤플렉스를 갖고 있는 것처럼 비쳐질까 봐 화를 꾹 참기도 한다. 기분 나빠도 겉으로는 아무렇지도 않은 척 쓴웃음을 지으며 속앓이한다.

조언 혹은 관심을 가장해 기분 나쁜 소리를 쏟아내는 사람도 있다. 이런 경우 '상대방을 위해 하는 말'이라는 그럴듯한 명분을 달고 있어 표현도 더 적나라하다. 살을 빼라는 둥 찌라는 둥 외모 지적부터 시작해, 왜 연애는 안 하냐, 결혼은 빨리 하는 게 좋다는 식의 인생 조언까지 그 종류도 다양하다. 이런 말을 할 때마다 얼굴은 한껏 걱정스럽다는 표정을 짓는다. 하지만 내용을 잘 들어보면 상대방에 대한 걱정을 가장한 본인 자랑인 경우가 많다. 상대방은 별로 중요하게 생각하지도 않는 걸 지적하면서 자신은 그걸 이뤘음을 확인하며 카타르시스를 느끼기도 한다. 그 꼴이 보기 싫어 그런 소리 좀 하지 말라고 하면 오히려 서운하다는 표정으로 그 시답잖은 명분을 다시 끄집어낸다.

"네가 걱정돼서 그러지."

"다 너 생각해서 그러는 거 아니겠냐?"

세상에 가족을 제외하고 본인보다 본인 인생을 더 걱정하는 사람은 없다. 그런데도 마치 크게 마음 써서 생각해주는 양 남에게 이런 말을 하는 사람들이 있다. 주위에 이런 사람이 많으면 사회생활이 참 피곤하다. 가뜩이나 해야 할 일도 많고 걱정할 것도 많은데 수시로 찾아와서 불필요한 오지랖을 부리는 사람이 있으면 스트레스가 쌓이고 그 시간이 길어지면 병이 된다. 그런 사람을 피할 수 있다면 좋을 텐데, 문제는 조직 생활을 해야 하는 경우 내 마음대로 그 사람을 피할 수가 없다는 것이다.

어쩔 수 없이 계속 참기만 하다 보면 어느 순간부터 그 사람이 미워지고 원망이 쌓인다. 그러면 대응 방법을 찾게 되는데, 가장 안 좋은 방법이 그 사람과 똑같이 맞받아치는 것이다. '너도 한번 똑같이 당해봐라' '너도 기분 좀 나빠봐라' 하는 마음으로 상대방에게 기분 나쁠 만한 농담으로 일격을 가하거나, 상대방의 약점을 찾아 조언인 척 지적하는 식이다. 그렇게 해서 상대의 기분 상한 표정을 보면 통쾌한 기분이 들면서 10년 묵은 체증이 싹 내려가는 걸 느낀다.

하지만 그 대가는 크다. 생각 없이 던진 농담이나 조언이 아닌, 진심이 담긴 의도적인 공격을 갑작스럽게 당한 상대는 깊은 상처를 받는다. 오랜 시간 피해자였던 내가 그 한 번의 공격으로 가해자가 돼버린다. 그렇게 나와 상대의 관계는 파탄이 난다. 문제는 같은 조직에 있는 한 그 사람 얼굴을 계속 봐야 한다는 것이다. 같은 공간에서 그와 마주칠 때마다 서로 불편한 감정을 느껴야 하니 그때부터 새로운 스트레스가 시작된다. 마음 좀 편해지자고 한 일이 마음을 더 불편하게 만들어버리고 마는 것이다. 그래서 가급적 이런 방법은 쓰지 않는 게 좋다.

가장 좋은 방법은 상대에게 자신의 잘못을 인식하게 해주는 것이다. 회사에서 나를 볼 때마다 기분 나쁜 농담을 하는 선배가 있었다. 여러 사람이 있는 앞에서 같은 농담을 반복할 때마다 불쾌한 기분이 들었지만 내가 후배이다 보니 싫은 티를 낼 수 없었다. 그는 그 농담에 재미를 붙인 듯 시간이 갈수록 강도가 점점 세졌고 내용도 다양해졌다. 심지어 나를 잘 모르는 외부인과 전화 통화를 할 때에도 나를 언급하며 같은 농담을 했다. 어느 날 그 선배가 또다시 그런 장난을 치기에 진지하게 말했다.

"선배, 저 그 얘기 들으면 기분이 나쁩니다. 그 얘기는 안 해주셨으면 좋겠습니다."

소심한 성격의 내가 선배에게 이런 말 하는 게 쉽지는 않았다. 몇 번을 얘기하려고 했지만 입에서 꺼내지 못하고 주저했다. 그럼에도 내가 용기를 낸 건 그 선배는 내가 가깝게 지내고 싶은 좋은 사람이었기 때문이다. 차라리 나쁜 사람이라면 그냥 기분 나쁜 채로 그 사람에 대해 마음의 문을 닫아버리고 살면 그만이겠지만 그 선배는 내가 닮고 싶은, 배울 점이 많은 좋은 선배였다. 그 선배가 계속해서 같은 농담을 반복한다면 나는 그와 멀어질 것이 뻔했고, 그렇게 되지 않기 위해서는 그 선배가 그런 농담을 하지 않도록 말을 해야만 했다. 결국 나는 그 선배와 둘이 있을 때 그 얘기를 꺼냈고, 그 말을 들은 선배는 크게 당황했지만 내 뜻을 이해한 듯했다. 그 이후로 그 선배는 다시는 내 앞에서 같은 농담을 하지 않았고, 우리는 계속 좋은 관계를 유지할 수 있었다.

주변 사람에게 기분 나쁘라고 의도적으로 안 좋은 말을 하는 사람은 잘 없다. 농담이든 조언이든 듣기 싫은 소리를 반복하는 사람은 그 말이 상대를 기분 상하게 한다는 사실을 모르는 경우가 대부분이다. 그런 사람에게는 그것이 잘못된 것임을 알게 해줄 필요가 있다. 평소 악의가 있어서 그런 말을 하는 것이 아니기 때문에, 솔직하게 표현하면 정말 나쁜 사람이 아니고서야 대부분 미안하게 생각하고 잘못을 고치려고 한다.

그런데 이때에도 주의할 것이 있다. 자칫 잘못하면 그 과정에서 서로 기분이 상하고 관계가 틀어질 수도 있다. 중요한 건 분명하게 의사 표시를 하되, 절대로 말에 내 감정이 들어가서는 안 된다는 것이다. 내가 그동안 기분 나빴던 순간들을 떠올리며 감정적으로 말을 꺼내면 상대도 감정적으로 대응하기 쉽다. 그럴 경우 대화는 서로 간의 감정 싸움으로 치닫게 되고, 내가 의도하지 않은 결과가 나올 수 있다. 상대의 잘못을 지적하는 것인 만큼 최대한 예의를 갖춰서 담담하고 이성적으로 얘기해야 상대도 내 말에 집중하게 되고, 나의 상처를 들여다보게 된다.

그런데 예외가 있다. 이렇게 진솔하게 예의를 갖춰서 얘기를 하는데도 자신의 잘못을 인정하지 않고 자기 기분만 생각하며 감정적으로 대응하는 사람도 있을 수 있다. 그런 사람은 관계를 정리하는 것이 좋다. 안타깝지만 이 세상에는 상대의 감정은 아랑곳하지 않은 채 본인 감정만 중요시하며 살아가는 사람도 존재한다. 그런 사람은 곁에 둬봐야 좋을 게 없다. 이 과정을 통해 내가 곁에 둬야 할 사람과 멀리해야 할 사람을 가리는 것이 건강하고 행복한 사회생활을 하는 길이다.

선을 넘지 않는 싸움의 기술

직장인에게 상사란 어떤 존재일까. 간혹 앞을 내다보는 듯한 깊은 혜안(慧眼)과 따뜻한 조언으로 인생의 길잡이가 되어주는 상사도 있지만, 기본적으로 직장인에게 '상사'는 불편하고 부담스러운 존재다. '회사에 가기 싫다'고 말하는 사람들의 얘기를 잘 들어보면 열 중 여덟아홉은 보기 싫은 상사가 그 이유이다. 직장인이 회사로부터 받는 스트레스 중 매우 큰 부분이 상사로부터 비롯되는 것이 현실이다

그렇다 보니 직장 생활을 다루는 드라마나 웹툰을 보면, 카타르시스를 느끼게 해주는 부분은 힘없고 선량

한 직장인이 개념 없는 상사에게 통쾌하게 한 방 먹이는 장면이다. 평소 부당한 지시를 일삼던 상사에게 정곡을 찌르는 한마디로 말문을 막아버리거나, 주머니에 고이 간직해오던 사표를 꺼내 사악한 상사의 면전에 던져버리는 주인공을 보면 박수가 절로 나온다.

그런데 현실이 어디 그런가. 보통의 직장인이 상사를 들이받는다는 건 상상하기 어려운 일이다. 상사가 누구인가. 나의 인사고과를 평가하는 사람이 아닌가. 인사고과를 매기는 사람이 아니더라도, 나보다 윗자리에 앉아 있다는 이유만으로 마음만 먹으면 얼마든지 나를 괴롭히고 내 삶을 고통스럽게 만들 수 있는 사람이다.

그러니 대부분의 직장인이 윗사람의 부당한 지시와 선을 넘는 언행에 대해 웬만해선 더 큰 불이익을 막기 위해 참고 인내하는 게 현명하다고 생각한다. 지금은 좀 달라졌다고 하지만 여전히 뿌리 깊은 유교 문화의 영향을 받고 있는 우리 사회에서 오륜(五倫)의 하나인 장유유서(長幼有序)가 '윗사람과 아랫사람이 각자 자신의 역할을 다해야 한다'는 의미를 담고 있음에도 어찌 된 일인지 윗사람의 의무는 어디론가 사라진 채 오직 아랫사람에게만 일방적인 의무를 지우는 방향으로 작동하고 있는 현실 아닌가.

나 역시 한동안 상식을 벗어난 언행을 일삼는 상사 때문에 괴로운 직장 생활을 한 적이 있다. 윗사람들에게 한없이 깍듯했던 그는 후배들에게는 온갖 모욕적인 말을 일삼았다. 후배들과 대화할 때마다 고압적인 태도를 보이며 무시와 조롱으로 일관했다.

어느 날, 그의 지시로 내가 중단한 일에 대해 그보다 윗사람이 '왜 하지 않은 거냐'며 질책을 했다. 그러자 그가 갑자기 자리에서 벌떡 일어나 나에게 손가락질을 하며 소리쳤다.

"야! 내가 그거 하라고 했잖아!"

너무 황당해서 그의 얼굴을 쳐다봤다. 그는 내 눈을 피한 채 내가 보고 있는 앞에서, 내가 그의 지시를 따르지 않고 멋대로 일을 중단했다며 윗사람에게 뻔뻔하게 거짓말을 했다. 그 자리에서 나는 아무 말도 하지 않았다. "그거 선배가 하지 말라고 한 거잖아요!"라는 말이 목구멍 끝까지 차올랐지만 끝내 내뱉지 않았다. 그는 부서에서 내 바로 윗사람이었고, 그날 이후로도 나는 계속 그의 지시를 받으며 일을 해야 했기에 그 자리에서 그를 곤경에 빠뜨리기보다 참는 것이 더 현명한 길이라고 생각했다. 그가 이 일에 대해 나에게 고마워할 거라는 생각도 있었다.

하지만 그건 오산이었다. 그날 이후 그의 악행은 갈수록 더해갔다. 그런 사람의 경우 철저히 약자에게 강하고 강자에게 약한 습성을 갖고 있어, 한번 얕잡아본 사람은 더 가혹하게 대한다는 것을 그때는 미처 알지 못했다. 그가 이후에 발령이 나서 새 부서로 이동할 때까지 난 꽤 긴 시간 동안 그와의 불행한 동행을 계속해야 했다.

그가 대놓고 나에 대해 거짓말을 했을 때 보인 나의 대응은 잘못된 것이었다. 그 자리가 아니더라도 나는 그에게 적절한 방식으로 그의 부당한 언행에 대해 의사 표현을 했어야 했다. 그의 어긋난 행동이 반복된다면 그것이 결국 그에게 화(禍)가 되어 돌아갈 것임을 알게 함으로써 똑같은 일의 재발을 막았어야 했다. 하지만 그때 난 그걸 표현할 방법을 알지 못했다. 적절한 대처 방법을 몰랐던 것이다.

반대로 윗사람을 들이받았다가 최악의 상황을 불러온 적도 있었다. 몇 년 전 한 공기업의 대규모 비리를 보도할 때였다. 비리의 증거가 담긴 내부 자료를 입수해 뉴스에서 며칠 동안 연속으로 보도했다. 하지만 해당 공기업은 계속해서 진실을 감추며 잘못을 부인했다. 그러다 며칠 뒤 그 기업이 더 이상 잘못을 부인할 수 없게 만들 수 있는 결정적인 자료를 확보했다. 곧바로 부장에게 보고했는데, 의외의 반응이 돌아왔다. 그 기업에 대해 안 좋은 뉴스를 너무 많이 내보냈으니 더 이상 보도를 하지 말라는 거였다. 도저히 납득할 수 없는 이유였다. 뿐만 아니라 부장은 보도국 편집회의에서도 관련 뉴스를 더 이상 내보내지 않기로 했다고 말했다.

하지만 그건 거짓말이었다. 그날 편집회의에 참석했던 다른 사람들을 통해 부장이 아예 그 뉴스를 발제조차 하지 않았다는 것을 알 수 있었다. 해당 뉴스가 보도되지 않게 하기 위해 중간에서 보고 절차를 자른 뒤 나에게는 거짓말을 한 거였다. 분노한 나는 부장에게 찾아가 따졌다. 왜 편집회의에서 발제도 하지 않고 거짓말을 했냐며 소리쳤다.

"부장님을 믿을 수 없습니다!"

그 모습은 사무실에 있던 다른 기자들에게 그대로 목격됐고, 삽시간에 회사 이곳저곳으로 소문이 퍼져나갔다. 나는 나중에야 깨달았다. 그때 내가 선을 넘어버렸다는 것을. 여러 사람 앞에서 치부가 적나라하게 드러난 부장은 더욱 강경해졌다. 내 말을 들어주는 순간 자신의 잘못을 인정하는 게 돼버리니 절대 타협할 수 없었다. 내가 그의 퇴로를 막아버린 것이었다. 그는 자신의 행위가 옳다는 걸 증명하기 위해 더욱 강경하게 나왔다. 결국 뉴스는 뉴스대로 못 나가고, 그와 나의 인간적인 관계는 완전히 끝났다. 얼마 뒤 나는 가장 싫어하던 부서로 발령이 났다.

당시 부장의 생각에는 지금도 동의할 수 없다. 하지만 내 대응 역시 잘못되었음을 이제는 안다. 그때 난 힘들어도 인내심을 갖고 끈질기게 부장을 설득했어야 했다. 기사의 톤을 조절해보고, 내용을 수정해보고, 반론을 더 많이 실어도 보고, 보도 날짜를 바꿔보기도 하면서 뉴스가 나갈 수 있도록 계속해서 노력했어야 했다. 그 과정을 통해 부장이 한 발짝 물러설 수 있는 여지를 줌으로써 내가 취재한 그 뉴스가 방송될 수 있도록 말이다. 그런 상황일수록 더 냉정하고 이성적으로 대응해야 했지만, 내공이 얕았던 나는 감정이 앞서서 화를 참지 못하고 그를 악당으로 규정함으로써, 대화의 여지를 막아버리고 모든 협상의 가능성을 없애버린 것이다.

그때 나는 왜 선을 넘었을까. 어디까지가 선인지를 몰랐기 때문이다. 다시는 안 볼 사람이라면 모르지만, 계속 일상을 함께해야 하는 사람이라면 싸울 때에도 반드시 지켜야 할 선이 있다. 싸움이 끝나도 상대와의 관계는 계속되기 때문이다.

주변 사람과 싸울 때 가장 나쁜 태도가 상대방을 완전히 굴복시키려고 하는 것이다. 상대방을 밀어붙이더라도 물러설 자리를 만들어줘야 한다. 그래야 상대도 한 발짝 뒤로 서서 내 말을 들어볼 여유가 생긴다. 상대에게 빠져나갈 공간을 조금도 주지 않고 막다른 골목으로 내몰기만 하면, 그가 그 자리를 탈출하는 길은 오직 정면으로 나를 밟고 가는 것뿐이다.

끝내 상대를 완전히 굴복시키는 데 성공했다 해도 좋아할 일이 아니다. 완전히 패배하여 설 자리를 잃어버린 사람에게 남는 건 오기와 원한뿐이다. 그때부터 그에게 뭐가 옳고 그른지는 더 이상 중요한 문제가 아니다. 나를 향한 원한이 가슴속에 상처로 남아 언젠가 그걸 되갚아줄 때를 기다린다. 하물며 그 상대가 나와 같은 조직에 몸담고 있는 사람이라면 조직 안에 내 적을 확실하게 만드는 것이고, 더구나 그 적이 윗사람이라면 조직에서 나보다 더 큰 영향력을 행사할 수 있으니 두고두고 내 조직 생활에 짐이 될 수 있다.

그래서 조직에서 불가피하게 누군가와 싸울 수밖에 없는 상황이 온다면, 더구나 그 상대가 나보다 윗사람이라면, 싸울 때 싸우더라도 절대로 감정의 선을 넘어서는 안 된다. 내용으로는 분명한 의사 표현을 하되, 방식은 최대한 절제돼 있어야 한다. 평소보다 훨씬 더 예의를 지켜야 하며, 자존심은 건드리지 말아야 한다. 철저히 내 감정을 억누르고 설득해야 상대도 감정이 아닌 이성으로 대응한다.

물론 쉬운 일이 아니다. 하지만 매일 악덕 상사의 부당한 대우를 참으며 살아가는 것과 비교해보면 그리 어려운 일도 아니다. 나와 맞지 않는 사람과도 잘 어울려 살고 싶다면, 조직 생활에서 잘 싸우되 선은 넘지 않는 '싸움의 기술'은 꼭 필요하다.

좋은 지적은 사람을 성장시킨다

누군가에게 지적을 받는 건 분명 정신적으로 힘든 일이다. 지적의 내용이 옳을 경우 나에게 문제가 있다는 사실을 인정해야 하기 때문에 힘들고, 그 내용이 틀릴 경우 내가 오해를 받고 있다는 사실 때문에 괴롭다. 지적을 잘 받아들여 나를 발전시키는 계기로 삼기도 하지만, 지적받는 그 순간만큼은 크든 작든 마음의 상처로 남는 경우가 많다. 상처받지 않기 위해 쿨한 척 툭툭 털어 잊어버리려 해도 마음속 어딘가에 억지로 숨겨놓은 우울감은 쉽게 사라지지 않는다.

누군가를 지적하는 것도 힘든 일이다. 시도 때도 없이 잘난 체하며 남에게 지적해대는 걸 삶의 낙으로 사는 사람도 있지만, 대부분 지적받는 것 못지않게 지적하는 것도 힘들어한다. 지적받았을 때 생길 수 있는 상처가 얼마나 깊을 수 있는지 잘 알기 때문이다. 그래서 대부분 가급적 주변 사람들에게 지적을 안 하려고 노력하고, 지적을 할 수밖에 없는 부득이한 상황이 오면 어떻게 하면 지적처럼 보이지 않게 지적할 수 있을지 고민하며 전전긍긍한다. 특히 상대가 계속 얼굴을 봐야 하는 사람일 경우 혹시나 나의 서툰 지적으로 관계가 깨질까 두려워 지적을 포기하고 차라리 자신이 손해 보는 쪽을 선택하기도 한다.

하지만 지적에 대한 그런 식의 습관적인 회피는 더 안 좋은 결과를 가져온다. 내가 직장 생활을 시작하고 몇 년 안 됐을 때의 일이다. 같은 부서에서 일하는 동료가 있었는데, 당시 내가 보기에 무례하다고 느낄 만한 행동을 자주 했다. 그 정도가 아주 심하지는 않았는데 횟수가 잦았다. 차라리 정도가 심하면 한번 정식으로 문제를 제기할 텐데, 정색하고 따지면 내가 옹졸하게 여겨질 것 같은 행동을 반복적으로 했다. 그럴 때마다 무시당하는 기분이 들어 불쾌했지만 매번 지적을 못 한 채 참으며 마음에 묻었다. 그렇게 시간이 흐를수록 그 동료에 대한 불만이 마음 속에 차곡차곡 쌓여갔고, 결국 그와 멀어졌다. 그때 솔직하게 그의 무례한 행동에 대해 지적을 했다면 어땠을까. 물론 그렇게 했어도 결국 멀어졌을 수 있지만 최소한 상대가 나에게 지속적인 스트레스를 주고 있다는 사실을 인식하게 할 수는 있었을 것이다.

지적이 필요할 때는 해야 한다. 만약 조직에서 누군가 업무 능력이나 태도에 문제가 있어서 조직의 분위기를 해치고 있는데도 지적하는 것이 부담스러워 모두 방치한다면 결국 조직 전체의 팀워크는 무너질 것이며, 다른 조직원들의 업무 능률까지 현저히 떨어질 것이다. 그럴 경우 자칫 사람도 잃고 일도 망치는 최악의 결과를 가져올 수 있다. 지적하되, 상대에게 상처는 주지 않고 의도는 분명하게 전달하려면 몇 가지 지켜야 할 것들이 있다.

우선 지적에는 대안이 있어야 한다. 대학로의 한 연극 교실에서 희곡 창작을 공부한 적이 있다. 수업은 매주 학생들이 돌아가며 각자 써 온 희곡을 발표하면 나머지 학생들은 자신이 느낀 바를 얘기하는 방식이었는데 조건이 있었다. 문제점을 지적하려면 반드시 대안을 함께 말하는 것. 자신도 해결책을 찾을 수 없는 지적을 상대에게 하는 건 상대를 돕는 것이 아니라 무책임한 비난을 가하는 것이라는 이유에서였다. 그러다 보니 무언가 지적을 하려면 그 문제점을 해결하기 위한 대안을 진지하게 고민할 수밖에 없었다. 그렇게 깊은 고민 끝에 나온 지적이다 보니 실제로 지적받는 사람에게 도움이 되는 내용이 많았고, 설사 대안이 별로 신통치 않다 해도 상대의 감정이 다치는 경우는 거의 없었다.

그리고 중요한 건 지적을 받는 상대에 대해 진심으로 아끼는 마음이 있어야 한다는 것이다. 애정 없는 비판은 비난으로 흐르기 쉽다. 그러다 보면 선을 지키지 못해 상대의 감정을 상하게 할 수 있다. 본래 애정이 없는 상대라면 억지로라도 아끼는 마음을 가지려 노력해야 한다. 상대의 장점을 생각해보고 관대한 마음으로 바라보면 이해되는 부분들이 있다. 왜 상대가 그럴 수밖에 없는지 공감할 수 있는 부분도 있다. 그렇게 애정을 갖고 지적하는 사람은 눈빛부터 다르다. 표정과 말투에서 진심 어린 마음이 그대로 전달되기에 상대는 지적해준 것에 마음이 상하기보다 오히려 감동을 받고 고맙게 생각한다.

그런데 아무리 노력해도 도저히 상대에게 애정을 갖지 못하겠다면 지적을 안 하는 게 낫다. 별 애정 없이 지적을 하면 상대 역시 그 감정을 그대로 느낀다. 어떤 옳은 지적을 해도 상대에게 진심으로 받아들여지지 않고, 오히려 잘난 체하는 걸로 느껴지거나 반발심만 일으키기 쉽다. 지적을 해봤자 어차피 바뀌는 건 없고 서로 감정만 상한다. 아무것도 얻을 것 없는 그런 지적은 안 하는 게 상책이다.

또 잊지 말아야 할 건 지적할 때는 반드시 하나만 지적해야 한다는 것이다. 마음이 약한 사람일수록 참다 참다 한번에 터뜨리는 경우가 많다. 그렇게 한번 터진 지적의 댐은 걷잡을 수 없이 많은 양의 불만들을 쏟아낸다. 평소 전혀 눈치도 못 채고 있던 지적들을 한꺼번에 맞닥뜨린 상대는 큰 충격을 받는다. 그동안 좋은 관계를 맺고 있다고 생각했던 사람이 속으로는 자신에 대해 불만을 쌓아왔다는 사실에 심한 배신감도 느낀다. 지금 벌어진 일도 아닌, 과거의 일을 꺼내 지적하는 것에 대한 반발심까지 더해진다. 억울하고 분한 마음에 화가 치민다. 상황이 이쯤 되면 지적한 내용의 옳고 그름은 더 이상 변수가 되지 못한다. 상대에게 여러 가지 문제점이 있더라도 한 번에 하나만 지적해야 상대도 지적을 받아들일 수 있는 여유가 생기고 문제점을 고칠 의지도 생긴다. 그렇게 가장 중요한 문제 하나가 해결되면 나머지 작은 문제들은 저절로 해결되는 경우가 많다.

좋은 지적은 사람을 성장시킨다. 값진 조언 하나가 한 사람의 인생을 바꾸기도 한다. 지적이 꼭 필요한 순간, 부담스럽다는 이유로 회피하기보다 진심 어린 마음을 건넨다면 사람도 얻고 조직도 살리는 좋은 계기가 되지 않을까.

선물,

그 이면의 의미

아끼는 후배 기자 R과 회사에서 유튜브 방송을 진행하던 때였다. 사무실에 있던 칫솔이 어디론가 사라져 회사 지하에 있는 편의점에 갔다. 비슷비슷한 칫솔들 속에서 뭘 사야 할지 고민을 하는데 '원 플러스 원' 제품이 눈에 들어왔다. 주저 없이 집어 들고 사무실로 돌아오니 R이 컴퓨터 앞에 앉아 정신없이 방송을 준비하고 있었다. 칫솔 두 개는 필요 없을 것 같아 R에게 하나를 내밀었다.

"칫솔 쓸래?"

그런데 칫솔을 본 R이 소스라치게 놀라서 소리쳤다.

"헉! 저 입 냄새 나요?"

"아니야. 이거 편의점에서 '원 플러스 원'이라 산 거야. 이거 봐. 내 것도 있잖아."

별 생각 없이 건넨 칫솔인데, 나 못지않게 소심한 R이 '이 좀 잘 닦으라'는 메시지로 오해를 한 것이었다. 아무리 아니라고 말해도 R은 의심의 눈초리를 거두지 않았다.

"저 주려고 일부러 '원 플러스 원' 산 거 아니에요?"

"정말 아냐. 진짜 진짜 아니라니까?"

진땀을 흘리며 이런저런 말로 해명을 했지만 무슨 증거나 증인이 있는 것도 아니고 내 본심을 증명할 길이 없었다. 얼굴에 진심을 담아 여러 차례 해명한 끝에 R은 수긍을 했지만 그의 얼굴에는 뭔가 찝찝한 표정이 남아 있었다. 괜한 쓸데없는 선물로 일하느라 바쁜 후배 마음의 평화만 깨뜨린 것이었다.

반대로 나를 진하게 감동시킨 동료의 선물도 있었다. 내가 주말 〈MBC 뉴스데스크〉 앵커로 낙점되고 얼마 뒤, 리허설을 하고 있던 내게 후배 기자 N이 차나 한잔하자며 불러냈다. 회사 휴게실에 가서 앉아 있으니 N이 다가와 주섬주섬 손에 들고 있던 작은 쇼핑백 하나를 건넸다.

쇼핑백을 열어보니 긴장 해소에 좋다는 아로마 향수와 함께 엽서 한 장이 들어 있었다. 센스 있는 향수도 감동적이었지만 그의 엽서 한 장이 내 마음을 송두리째 흔들어놓았다. 엽서에는 앵커가 되기까지 걸어온 내 삶에 대한 진심 어린 격려와, 앞으로 내가 앵커로서 걸어가야 할 길에 대한 진지한 조언이 겸손한 말로 담겨 있었다.

> "우연히 다가올지도 모를 먼 기회를 위해 틈틈이 갈고 닦으셨을 선배의 노력이, 굳이 노력하지 않아도 선배가 지니고 태어나신 온기와 공감 능력이 시청자들에게 스며들 거라 믿습니다."

마치 내 마음속을 들여다본 듯, 내 삶을 그대로 지켜본 듯 써 내려간 후배의 글에 말로 표현할 수 없는 진한 감동이 밀려왔다. 문장 하나하나마다 묻어 있는 그의 진심이 내 가슴속 깊숙이 스며들었다.

그 엽서는 지금도 내 휴대폰 속에 사진으로 저장돼 있다. 일을 하다 걱정이 생길 때면 종종 그 엽서를 읽으며 다시 초심을 떠올리고 힘을 내곤 한다. 나도 소중한 이들에게 이런 감동적인 선물을 줄 수 있는 사람이었으면 좋겠다는 생각을 하지만 그게 그렇게 쉬운 일은 아닌 것 같다.

평소 나에게 큰 힘이 돼주는 고마운 후배 C는 생일이 2월 29일이다. 생일이 올림픽처럼 4년에 한 번 돌아오는 것이다. 남들보다 네 배는 더 특별한 그의 생일이 다가오자 나는 그에게 특별한 선물을 해주고 싶었다. 그런데 정작 생일날이 되어 선물을 고르자니 무엇을 골라야 할지 떠오르지 않았다. 그렇게 고마운 후배임에도 그가 어떤 선물을 받아야 가장 기쁘고 행복한지 나는 잘 몰랐던 것이다. SNS 선물함 속 상품들을 이것저것 뒤적여보기도 했지만 대부분 어느 쇼핑몰에 가든 살 수 있는 뻔한 것들이었고, 이건 이래서 저건 저래서 다 적절치 않아 보였다. 그렇게 시간만 흘려보내다 결국 고른 건 케이크였다. 케이크가 아무리 예쁘고 맛있다 한들, 그 평범한 케이크 하나에 내 진심을 담아낼 수 있을까. 특별하지 못했던 그날의 선물은 두고두고 아쉬움이 남았다.

사람 사이에 물건이 오가는 건 마음이 함께 오가는 것이다. 대개의 경우 그 안에는 상대를 향한 따뜻한 마음이 들어 있지만, 경우에 따라서는 그것이 상대가 원치 않는 동정일 수도 있고, 지나친 관심이거나 과한 호의일 수도 있다. 평소 상대의 눈길이 오래 머무는 것이 무엇인지, 쉽게 발길이 떨어지지 않는 곳은 어디인지, 얼굴에 미소가 떠나지 않는 순간이 언제인지, 그 미세한 움직임을 알고 있어야 상대의 마음에 깊이 스며드는 선물을 고를 수 있다. 소중한 이들의 눈빛을 좀 더 관심 있게 바라봐야겠다.

남을 비판해야만 사는 사람

‘동료’가 ‘친구’와 다른 점은 뭘까. 가장 큰 차이점은 친구가 내 의지로 만들어진 관계인 반면, 동료는 타의에 의해 맺어진 관계라는 점이 아닐까 싶다. 오너의 자녀이거나, 직장 상사와 매우 특별한 관계에 있는 사람이 아닌 이상 일반적인 직장인들 중에 자신이 함께 일할 동료를 선택할 수 있는 사람은 거의 없다. 내 성향이나 스타일과 상관없이 직장이 정해준 대로 긴 시간을 함께 보내며 관계를 맺어야 하는 사람이 동료인 것이다.

그렇게 내 뜻과는 상관없이 만나게 된 사람들이

지만, 하루 중 잠자는 시간을 빼고 나면 가족보다도 더 오랜 시간을 함께 보내야 하는 가까운 사람들이기도 하다. 그러니 그들과의 관계가 내 삶의 행복지수에 결정적인 영향을 끼치는 건 너무나 당연한 일이다. 운 좋게 좋은 동료를 만나면 힘든 시간을 의지하는 좋은 동반자가 될 수 있지만, 나와 맞지 않는 사람과 함께하게 되면 그 사람의 존재가 온갖 스트레스의 진원지가 되고 만다. 그런 경우 서로 업무적으로만 관계를 맺고 사적으로는 관계를 진전시키지 않고 싶지만 한국에서 그게 어디 쉬운 일인가. 이것저것 시시콜콜 묻기 좋아하고 끼어들기 좋아하는 조직 문화 속에서 홀로 독야청청하며 산다는 건 쉬운 일이 아니다.

그래서 어떤 동료와 가까이 지내는가는 조직 생활에서 매우 중요하다. 좋은 동료를 가까이 하면 정말 좋겠지만, 그러지 못하더라도 최소한 나쁜 동료는 멀리해야 한다. 어렸을 때 부모님이 나쁜 친구 사귀면 안 된다고 했는데, 직장 생활도 마찬가지이다. 나쁜 동료는 되도록 가까이 하지 말아야 건강하고 행복한 직장 생활을 할 수 있다. 특히 소심한 사람일수록 더욱 그렇다. 소심한 사람은 남에게 안 좋은 말을 잘 못 하다 보니 관계를 과감하게 정리하지 못하고 끌려 다니는 경우가 많다. 나쁜 동료는 그런 사람을 고맙게 생각하기보다는 만만하게 여긴다. 힘들면 힘든 대로, 짜증나면 짜증나는 대로 자기 감정을 상대에게 맘대로 배설한다. 그런 동료와 가까이 하면 일상이 괴롭다. 같은 직장에서 계속 얼굴을 봐야 하니, 그 관계가 끝까지 따라다니며 내 행복을 방해한다.

멀리해야 하는 대표적인 경우가 '항상 비판만 하는 동료'이다. 여기서 오해하지 말아야 할 것은 비판 자체가 나쁘다는 얘기는 결코 아니라는 점이다. 조직 생활에서 비판은 필요하다. 업무 과정에서 발생할 수 있는 문제점들을 미리 파악하고, 이미 발생한 문제들이 재발하지 않도록 하기 위해 적절한 비판을 하는 건 너무나 당연한 일이며, 때로는 의무일 수도 있다.

문제는 어디를 가나 오직 비판만 하는 사람이 있다는 것이다. 이런 사람들은 출근해서 퇴근할 때까지 입만 열면 비판을 한다. 마치 비판을 위해 태어난 사람처럼 눈에 불을 켜고 비판할 것들을 찾는다. 다른 사람의 작은 결점도 결코 지나치지 못하며, 반드시 지적하고 드러내야 직성이 풀린다. 언제나 비판을 입에 달고 살다 보니 비판의 기술도 날로 늘어 논리적이기가 말도 못 하다. 각종 근거와 논리를 들어 지적해대니 말로는 당해낼 수가 없다.

이런 사람들이 가장 좋아하는 비판은 역시 '사람 비판'이다. 이 사람 앞에서는 저 사람, 저 사람 앞에서는 또 다른 사람을 속된 말로 끝없이 깐다. 주된 비판의 대상은 조직에서 인정받는 사람들이다. 조금이라도 눈에 띄는 사람이 나타나면 처음부터 싹을 잘라버리기 위해 애를 쓴다. 적당히 눈 감아줄 수도 있는 남의 작은 실수나 조금 모자란 점을 반드시 찾아내서 침소봉대해 마치 큰일이라도 난 것처럼 가치를 부여하고 문제 삼는다. 그러면서도 자신에 대한 성찰은 없다. 남에게는 엄격하고 자신에게는 한없이 관대하다.

가장 싫어하는 건 남에 대한 칭찬이다. 이들이 다른 사람을 칭찬하는 모습은 찾아보기 힘들다. 심지어 다른 사람이 누군가에 대해 칭찬하는 것도 싫어한다. 누군가 사람들한테 좋은 평가를 받는 걸 듣게 되면 조용히 입을 닫고 있다가 슬그머니 '그런데' '하지만'이라는 말을 꺼내 꼭 딴죽을 건다.

업무 중에도 비판은 멈추지 않는다. 누군가 새로

운 아이디어를 내면 그 안에 담긴 잠재력을 보지 않고, 미세한 단점만 찾아내 잘근잘근 씹어서 끝내 좌초시켜버린다. 여러 가능성 중에 안 좋은 것만 강조해서 확정적으로 얘기하거나, 과거 잘 안 됐던 사례들만 콕콕 집어서 부정적인 면만 부각시키는 식이다.

그러면서도 절대로 대안이나 해결책은 제시해주지 않는다. 비판의 목적이 상대를 주저앉히는 데 있지, 잘되게 하는 데 있지 않기 때문이다. 설사 그에게 대안을 묻는다 해도 대안을 내놓지 못한다. 비판의 능력만 키워왔지 대안을 제시할 능력은 기르지 못했기 때문이다.

이런 동료와 함께 일하는 사람은 성과가 낮을 수밖에 없다. 어떤 도전도 그 동료에 의해 매번 제어를 당하고, 그것을 극복하기 위해 불필요한 곳에 과한 에너지를 써야 하기 때문이다. 그래서 정작 힘을 써야 할 때 쓰지 못하고, 그런 과정이 반복되면 결국 의지가 꺾여버린다.

그런데 그렇게 비판을 입에 달고 다니는 사람이 비판을 멈추는 순간이 있다. 바로 자신의 상사 앞에 섰을 때다. 평상시에는 기회만 있으면 뒤에서 상사 비판을 신랄하게 하던 사람이 그 앞에만 서면 고분고분한 한 마리의 양이 돼버린다. 철저히 상사에게 주파수를 맞추며, 상사와 다른 의견은 절대로 내지 않는다. 꼭 해야 할 비판도 하지 않고, 상사의 지시를 거부하는 일도 없다.

이런 사람은 누군가를 세게 비판할수록 눈이 초롱초롱하게 빛난다. 비판의 강도가 세질수록 에너지가 샘솟는다. 남을 비판하는 것에서 엄청난 카타르시스를 느끼기 때문에 비판에 중독돼버려 그걸 그칠 수가 없다.

그런데 동료들 입장에서는 이런 사람을 끊어내기가 쉽지 않다. 그가 하는 남에 대한 비판이 너무나 신랄해서 흥미롭기 때문이다. 그의 비판을 들으며 함께 웃고 즐기다 보면 어느새 자신도 거기에 중독돼버리고 만다.

무서운 건 계속 이런 사람 곁에 머물다 보면 어느 순간 그 비판의 화살이 나에게로 향한다는 것이다. 그는 비판해야만 살 수 있는 사람이다. 비판하며 느끼는 희열에 중독된 그는 끊임없이 비판거리를 찾아야 하고, 주변에서 먹잇감이 다 떨어지면 끝내는 나를 향해 그 입을 벌린다. 그와의 관계가 결국 직장에서의 일과 인간관계 모두를 망쳐버릴 수 있다.

확실히

선을 그어야 할 관계

살다 보면 때로는 억울함에 잠 못 이룰 때가 있다. 어떤 오해로 인해 내가 도저히 받아들일 수 없는 상황에 처하게 된 경우, 어떻게 해결할 방법도 없고 어디에 호소할 데도 없으니 가슴을 치며 애간장을 태우는 감정이 억울함이다. 의학 용어에도 억울병(抑鬱病) 혹은 억울증(抑鬱症)이라는 증상이 있다고 한다. 그런 증상이 심해지면 병이 될 정도이니 결코 가볍게 넘길 수 있는 감정이 아니다. 표준국어대사전은 억울한 감정을 '아무 잘못 없이 꾸중을 듣거나 벌을 받거나 하여 분하고 답답함. 또는 그런 심정'이라고

정의해놓았다. 그런데 직장에는 이런 고통스러운 감정을 가끔도 아니고 항상 느끼며 사는 사람들이 있다. '항상 억울한 동료'이다.

이들은 어느 자리에서 무슨 일을 해도 항상 본인이 제일 고생하는 사람이라고 생각한다. 남들이 보기에 전혀 어렵지 않은 일을 할 때에도 본인이 가장 힘든 일을 한다고 생각하고, 남들이 선호하는 좋은 자리에 인사를 내줘도 자기만 고생한다고 생각한다. 그러니 항상 억울할 수밖에 없다. 회사에서 이 사람들이 행복한 모습을 보는 건 쉽지 않다. 언제나 어둡고 우울한 기운이 감돈다.

그러면서 본인이 행복하지 않은 건 당연히 가야 할 좋은 자리에 가지 못하고, 당연히 해야 할 좋은 업무를 받지 못하고, 당연히 함께 일해야 할 좋은 사람을 만나지 못해서라고 생각한다. 본인의 가치를 스스로 매우 높게 평가하면서, 그런 자신이 그에 합당한 대우를 받아야 하는데 억울하게도 그러지 못하고 있다고 생각한다.

그러다 다른 동료가 조직에서 인정받고 잘되는 모습을 보면 억울하고 분해서 견딜 수가 없다. 동료가 그 자리에 가기까지 흘린 땀과 눈물은 생각하지 않고, 그저

운이 좋아서, 혹은 인맥이 좋아서 그것을 성취했다고 생각한다. 정작 자신은 왜 그렇게 인정받지 못하고 있는지에 대해 돌아보지 않는다. 자신이 이룬 작은 성취는 엄청나게 크게 생각하면서, 남이 이룬 큰 성취는 평가절하하기에 바쁘다.

이런 사람들이 일상적으로 하는 일이 하나 있다. 바로 신세 한탄이다. 동료들과 만나기만 하면 자신의 억울한 얘기만 하느라 시간 가는 줄을 모른다. 동료들은 그때마다 새로운 위로의 말을 준비해 그를 다독여줘야 한다. 하지만 아무리 위로를 해줘도 신세 한탄은 끝이 없다. 그들은 위로받는 것을 즐기기 때문이다. 남들의 꾸며진 위로 속에서야 비로소 자신의 가치를 인정받을 수 있기에 그 즐거운 일을 멈출 수가 없다. 그러면서 자신이 아닌 상대방의 고민에는 별 관심이 없다. 상대방이 본인의 힘든 일, 고통스러운 일에 대해 슬쩍 말을 꺼내보지만, 듣는 둥 마는 둥 흘려보내다가 이내 다시 자기 얘기로 돌아간다. 나의 작은 고통은 엄청나게 크게 느끼면서도, 남의 큰 고통에 대해서는 공감하지 못하기 때문이다.

이런 사람들을 멀리해야 하는 이유가 바로 여기에 있다. 이들은 동료들이 굳이 아까운 시간을 내서 에너지를 쏟아가며 이야기를 들어주고 함께 고민하며 위로를 해줘도 고마운 줄을 모른다. 자신은 억울한 사람이기 때문에 고통을 호소하는 것이 당연하고, 상대는 그걸 들어줄 의무가 있다고 생각하기 때문이다. 주변 사람들은 그의 끊임없는 신세 한탄과 그때마다 반복해야 하는 위로에 지쳐가지만 그는 그것에 관심도 없고 알려 하지도 않는다.

이런 사람과 가까이 지내면 주변 사람마저 힘들고 지치고 함께 우울해진다. 그 사람과 계속 대화를 하다 보면 그가 갖고 있는 우울하고 부정적인 정서가 끊임없이 전해지면서 끝내는 전염되고 만다.

이런 사람과는 확실히 선을 그어야 하지만 배려심이 깊고 공감 능력이 뛰어난 사람일수록 그러지 못한다. 그 사람이 받게 될 상처가 걱정되기 때문이다. 그와 만날 때마다 괴롭고, 그로부터 벗어나고 싶지만 그 마음을 꼭꼭 숨긴 채 고통스러운 시간을 참아낸다.

하지만 그 인내심도 결국에는 바닥을 드러낸다. 동료가 아무리 정성을 쏟아가며 위로를 해줘도 상대는 바꿔지 않으며, 오히려 그 상황을 즐기고 있다는 것을 깨닫게 되는 때가 온다. 그제야 어렵게 인연을 정리해보지만 이미 많은 것을 잃은 뒤다. 상대로 인해 허비해버린 소중한 시간과 에너지, 그리고 정서적인 피해는 어디서도 보상받을 길이 없다.

그리고 찾아오는 건 배신자라는 낙인이다. 상대를 위해 그렇게 오랜 시간 배려하고 노력해줬음에도, 그걸 더 참고 희생해주지 않는다는 이유로 그는 나쁜 사람이 되고, 상대는 배신당한 사람이 된다. 한번 잘못 맺은 인간관계로 인해 너무 많은 걸 잃게 되는 것이다. 그렇게 되지 않으려면 느낌이 왔을 때 하루라도 빨리 선을 긋는 게 중요하다. 잘못을 제공하는 건 상대지만 그 결과는 내 책임이다.

멀리해야 할 동료

일을 할 때 항상 한숨부터 쉬는 사람이 있다. 일의 종류나 성격과 관계없이 일단 새로운 일이 주어지면 땅이 꺼져라 한숨을 푹푹 내쉰다. 별것 아닌 일에도 큰 스트레스를 받고 신경은 예민해진다. 같이 일하는 동료들 입장에서는 그가 내뱉는 깊은 한숨소리가 상당히 신경 쓰인다. 말할 때마다 그의 눈치를 봐야 하고 행동도 조심해야 하니 사무실 분위기가 좋을 리 없다. 막상 그에게 주어진 일을 들여다보면 그렇게 대단한 일도 아니다. 한 조직에 소속된 사람으로서 당연히 해야 할 일을 하면서도 그렇게 분위기를 잡는다. 그에게 쉬운 일은 없다. 아주 간단한 일도 그의 손에만 가면 매우 복잡하고 어려운 임무가 돼버린다. 술술 풀리는 일이 없고, 쉬운 일도 그가 손을 대면 댈수록 점점 더 꼬이고 어려워진다.

그런데 이런 사람들을 잘 보면 의외로 일에 대한 눈높이가 대단히 높은 경우가 많다. 성격적으로 완벽주의에 가깝다. 사소한 것 하나 놓치지 않으려고 하고, 작은 실수도 만들지 않으려고 아등바등한다. 일이 잘못되는 것에 대한 두려움이 매우 크고, 그 잘못에 대해 비판을 받거나 책임을 지는 것을 견디지 못한다. 그래서 다른 사람들은 하지 않아도 된다고 생각하는 것까지 다 하려 하고, 작은 것까지 다 직접 챙기려고 한다. 그러다 보니 하면 할수록 일이 정리되는 게 아니라 점점 더 복잡해진다.

문제는 이게 그의 힘으로 수습이 되지 않는다는 것이다. 높은 눈높이만큼 훌륭한 성과가 나온다면 그 사람은 진정한 완벽주의자이며 전문가라고 할 수 있을 것이다. 비록 까다롭고 까탈스러워 같이 일하기는 힘들지언정 누구나 그 능력만큼은 인정할 수밖에 없다.

그런데 이 한숨 많은 사람들은 눈높이는 어마어

마하게 높으면서, 안타깝게도 능력은 거기에 미치지 못한다. 눈높이에 맞춰서 일은 계속 벌려놓는데 자기 힘으로 해결이 안 된다. 이런 불일치가 그를 한없이 안달복달하게 만든다. 스트레스 수치는 점점 높아져가고, 신경질도 늘어간다. 이런 결과를 본인이 너무 잘 알기에 일을 시작하기도 전에 한숨부터 쉬는 것이다.

이렇게 본인 혼자 힘으로는 벌려놓은 일을 수습할 수 없고, 높은 눈높이를 채울 수 없으니 결국 주변 사람들을 괴롭힌다. 자신은 할 수 없는 부분들을 동료들이 채워주기를 바란다. 동료들은 그로 인해 하지 않아도 될 불필요한 일까지 떠맡는다. 자기 일 하기도 바쁜데 계속 그가 벌려놓은 일들을 챙겨야 하고, 업무 부담은 점점 더 늘어난다. 처음에는 동료의 일을 기꺼이 나눠서 짊어지려고 하지만 이런 상황이 계속해서 반복되면 점차 스트레스가 늘어가면서 짜증이 난다. 그를 바라보던 안쓰러운 눈빛은 얼마 못 가 차가운 원망의 눈빛으로 바뀐다.

이런 사람이 조직에 주는 제일 안 좋은 영향은 동료들로 하여금 일을 즐겁게 하지 못하게 한다는 것이다. 어차피 해야 하는 일, 다 함께 웃으면서 즐겁게 하면 좋으

련만, 옆에서 계속 한숨만 푹푹 쉬고 있으니 그 어두운 에너지가 사무실 이곳저곳으로 전해진다. 사무실에서는 점차 웃음이 사라지고, 말소리도 줄어든다. 한 명의 한숨소리가 조직에 이렇게 큰 해를 끼치게 될 수도 있으니 결코 작은 일이 아니다.

동료 입장에서는 이 어둠의 전사를 피할 수만 있다면 가급적 피하는 게 좋다. 특히 일을 할 때는 가능하면 그와 함께하지 않는 것이 정신 건강을 위해 바람직하다. 하지만 그런 선택권을 가진 직장인은 거의 없지 않은가. 회사에서 정해주는 대로 누구든 함께 일을 해야 하는 것이 직장인의 숙명이니 싫더라도 받아들일 수밖에 없다.

그래서 한숨 쉬는 동료와 한 팀에서 일을 하게 됐을 때 결코 넋을 놓고 있으면 안 된다. 그와 함께 일을 하더라도 반드시 지켜야 할 것이 있다. 그와 나의 임무에 확실하게 선을 긋는 것이다. 각자의 역할에 대한 분명한 기준 없이 함께 일을 하다 보면 책임의 경계가 흐려진다. 같이 일을 해서 일이 잘되면 함께 그 공을 나누고, 잘 안 됐을 경우 책임 역시 함께 나눠 질 수 있다면 문제는 없다. 하지만 일은 꼭 그렇게 뜻대로 흘러가지 않는다. 일이 잘

되면 공은 그 사람이 가져가고, 잘 안 되면 내가 책임을 지는 최악의 상황이 벌어질 수 있다. 애초에 윗사람은 그에게 큰 기대를 안 했기에 일이 잘됐을 경우 그가 기대 이상으로 잘 해냈다고 생각하기 쉽지만 일이 잘 안 되면 믿고 있었던 나에게 책임을 묻게 된다. 처음에 제대로 선을 긋지 않은 대가가 이렇게 큰 것이다.

사회생활을 하다 보면 꼭 직장이 아니더라도 이렇게 가급적 멀리하는 게 좋은 사람을 한 번쯤은 만나게 된다. 그런데 정작 이 사람들 중 자신이 그런 유형이라고 생각하는 사람은 거의 없다. 다들 그런 식으로 사회생활을 하면 안 된다고 얘기하면서도 그 사람이 바로 자기 자신일 거라고는 생각하지 않는다. 하지만 하나하나 짚어보면 정도의 차이는 있을지언정 누구에게나 이런 면이 조금씩은 다 있다. 단지 그것이 절제되는 사람과 제어 없이 분출되는 사람이 있을 뿐이다. 지금 혹시 내가 속한 조직의 팀워크에 문제가 있다면 조직에서 멀리해야 할 사람이 다른 누군가가 아니라, 내 안에 있는 또 다른 나는 아닐지 한 번쯤 돌아볼 필요가 있다.

인사 한 번으로 마음을 얻는 사람

일을 하다 보면 하루에 가장 많이 하는 게 인사가 아닐까 싶다. 아침에 출근해서부터 집에 돌아가기까지 마주치는 수많은 사람들과 끊임없이 인사를 해야 한다. 아주 짧은 순간 벌어지는 인사라는 게 워낙 일상적인 일이라 별거 아닌 것처럼 느껴질 수도 있지만 조직 생활에서는 이게 절대로 별거 아닌 게 아니다.

"인사(人事)가 만사(萬事)"라는 말이 있는데, 여기서 말하는 '인사'는 '직원을 어떤 자리에 임용하거나 해임하는 것'으로, '알맞은 인재를 알맞은 자리에 써야 모든 일이 잘 풀린다'는 뜻이다. 그런데 재미있는 건 지금 얘기하고 있는 인사, 즉 사람을 만나 아는 척을 하는 이 '인사'도 한자가 '人事'로 그 격언 속 '인사'와 똑같다는 것이다. 나는 우리가 평소 무심코 하는 이 '인사'야말로 '만사'라고 생각한다. 사회에서 만나는 모든 사람들과 깊은 관계를 맺는 게 아니기에, 짧은 순간 주고받는 이 인사가 그 사람의 인상을 결정지을 수 있다. 인사 하나만으로 사람들에게 큰 호감을 사고, 심지어 이로 인해 좋은 평판을 얻기도 하는 사람들에게는 특별한 인사법이 있다.

그들은 입이 아닌 눈빛과 표정으로 인사한다. 눈은 입보다 훨씬 더 많은 말을 한다. 입으로 좋은 말을 해도 표정이 굳어 있으면 마음이 움직이지 않지만, 아무 말 없는 눈인사도 밝은 미소를 짓고 있으면 '난 당신에게 호감이 있어요'라는 메시지로 읽힌다. 반면 무표정한 인사는 '난 당신에게 관심 없습니다'로 읽히기 쉽다. 거기에다 눈까지 마주치지 않으면 '당신과 친해지고 싶지 않습니다'라는 오해를 불러올 수 있다. 많은 사람들이 입은 거짓말을 해도, 표정은 거짓말하지 않는다고 생각하기 때문이다.

하지만 표정도 거짓말을 한다. 얼굴 표정은 의지

에 따라 얼마든지 속내와 다르게 지어질 수 있다. 특히 인간관계의 고수일수록 자신의 속내가 표정에 잘 드러나지 않는다. 속내와 상관없이 하루 종일 무표정한 얼굴로 목례하는 사람과 만날 때마다 밝은 미소로 눈을 마주치고 인사하는 사람에 대한 호감도는 다를 수밖에 없다.

인사할 때 상대의 이름을 넣는 방법도 있다. 회사 선배 중에 마주칠 때마다 꼭 이름을 넣어 인사하는 사람이 있다.

"오, 경호야, 안녕?"

"경호야, 잘 지내지?"

나는 지금까지 한 번도 이 선배와 함께 일을 해본 적이 없다. 얘기를 나눠볼 기회도 거의 없었다. 그럼에도 이 선배를 떠올리면 친근하고 가까운 사람처럼 느껴진다. 볼 때마다 다정하게 내 이름을 불러주기 때문일 것이다.

방송인 출신으로 대학 교수와 CEO까지 탄탄대로를 걸어간 어느 선배는 사람의 이름을 잘 외우는 것으로 유명하다. 대학 교수 시절에는 자신의 과 학생들 이름은 물론, 자신의 강의를 듣는 학생들 이름까지 거의 다 외웠고, CEO일 때는 수백 명이나 되는 전 직원의 이름을 다 외웠다고 한다. 이 선배를 만날 기회가 있어 어떻게 그렇게 사람 이름을 잘 외우는지 물어보자 선배는 이렇게 대답했다.

"사람들이 나를 성공한 사람으로 생각한다면 비결은 하나밖에 없어. 사람의 이름을 잘 외운다는 거지. 지금도 새로운 사람을 만날 때면 열심히 그 사람의 이름을 외워."

여기서 한 발 더 나아가 상대에게 자녀가 있는 경우 자녀의 이름까지 기억해서 불러주는 사람도 있다. 회사 선배 한 사람은 사회에서 알게 된 사람이 아이를 낳으면 꼭 아이의 이름을 물어봐서 적어놓고 열심히 외운다. 그리고 지나다가 만나면 꼭 아이의 이름을 부르며 안부를 묻는다.

"○○이 많이 컸겠다. 이제 몇 살이야?"

이런 인사를 들은 후배는 이 선배가 자신의 아이 이름까지 기억해준다는 것에 감동을 받고, 선배가 자신에게 각별한 관심을 갖고 있다고 생각한다. 별로 친하지 않던 사이여도 아이의 이야기를 화제로 대화가 급진전된다. 당연히 호감도도 높아질 수밖에 없다.

또 상대의 최근 일을 잘 기억해주기도 한다. 회사에서 지나가다 마주칠 때면 언제나 내가 최근 보도한 기사를 언급하며 좋은 말을 해주는 동료가 있다.

"지난번에 네가 보도한 ○○ 관련 기사 참 좋더라. 인상적이었어."

별거 아닌 성과물이었다는 걸 알면서도 이런 말을 들으면 기분이 좋아진다. 상대가 내 성과를 기억해주는 것에 고마움을 느끼고, 그 사람의 일에 나도 더 관심을 갖게 된다. 잠깐 인사 나누는 짧은 순간에도 상대의 좋은 일을 기억해 함께 기뻐해주고, 힘든 일을 함께 공감해주는 사람은 자꾸 보고 싶고, 함께 일하고 싶은 사람일 수밖에 없다. 평소에 따뜻한 마음으로 주변 사람들의 일에 관심을 갖고 이를 기억해둘 수 있어야 이런 인사도 가능하다.

이렇게 인사 잘하고, 잘 받는 것은 간단하지만 실천하기는 어려울 때가 많다. 바쁜 일에 치이고 지친 일상 속에 젖어 살면서 인사까지 챙기는 건 힘들 수도 있다. 하지만 평소 사람들에게 호감을 주는 인사를 하기 위해 노력하는 사람과 그렇지 않은 사람의 사회생활, 인간관계는 크게 차이가 날 수밖에 없지 않을까. 지금 혹시 인간관계에 고민이 있는 사람이라면 우선 인사 습관 하나만 바꿔보라고 얘기해주고 싶다.

정떨어지는 최악의 인사

짧은 순간 사람들한테 호감을 사는 인사가 있는가 하면, 반대로 마주칠 때마다 사람 기분 상하게 하는, 심한 경우 정 떨어지게 하는 인사도 있다. 그중 쓸데없이 사람 기분 안 좋게 하는 대표적인 인사말이 걱정해주는 눈빛으로 상대방 얼굴에 대해 이러쿵저러쿵 하는 말들이다.

"얼굴이 많이 상했네."

"얼굴이 왜 그래? 무슨 일 있어?"

사뭇 진지한 표정으로 건네는 인사말이지만 대부분 그냥 으레 하는 말이다. 상대방이 진짜 걱정돼서 하는 말이라기보다는 관심과 애정이 있음을 표현하고자 하는 말인 것이다. 물론 상대방이 정말 안 좋은 일이 있어서 맘고생을 하느라 얼굴이 상한 경우도 있겠지만, 대개의 경우는 아무 일도 없고, 얼굴도 달라진 게 없다. 하지만 별일 없이 잘 살고 있던 사람도 누군가한테 이런 말을 들으면 그 때부터 기분이 가라앉는다. '내 얼굴이 그렇게 보기 안 좋나?' '내 인상이 안 좋은가?'라는 생각이 들면서 그동안 하지 않던 고민을 하게 된다. 그날 밤 잠들기 전 세수를 하다 거울에 비친 자신의 얼굴을 보면 정말 어딘가 상한 거 같고, 여기저기 단점들이 눈에 들어온다.

만약 상대가 실제로 안 좋은 일이 있어서 얼굴이 상한 경우라면 이런 인사말은 더 안 좋다. '힘드니까 이제 진짜 얼굴까지 안 좋아졌나' 하는 생각이 들면서 더 침울해진다. 말하는 사람 입장에서는 위로해준답시고 한 말이겠지만, 듣는 사람 입장에서는 위로는커녕 오히려 우울감만 더해지는 결과를 초래하게 되는 것이다.

얼마 전 길을 가다 우연히 10여 년 만에 지인을 마주친 적이 있다. 너무나 오랜만에 본 얼굴이라 반갑게 다가갔는데, 그가 내 얼굴을 보자마자 안타까운 목소리로 말했다.

"너도 나이는 어쩔 수가 없구나."

세월이 흘렀는데 나라고 다르겠냐며 짧게 안부를 묻고 헤어졌는데 그때까지 좋던 기분이 한순간에 착 가라앉았다. '내가 그렇게 늙었나?' '어디가 늙은 거지?' 갑자기 내가 확 늙어버린 기분이 들었다. 자연의 섭리인 노화를 누가 막을 수 있겠나. 나이가 들면 늙는 건 당연한 일이고, 그걸 받아들이며 살아가는 게 인생 아닌가. 그래도 가급적이면 천천히 늙고 싶고, 겉으로 보이는 모습은 더 젊었으면 하는 것이 사람의 심리인데, 굳이 상대방에게 현실이 그렇지 못하다는 걸 일깨워줄 필요가 있을까? 실제로 별로 늙지도 않았고, 이전과 달라진 것도 없는 사람이 누군가로부터 이런 인사말을 들은 뒤 피부과와 성형외과를 갔다는 얘기도 들었다. 기왕이면 마음에 없는 말이라도 좋게 얘기해주면 얼마나 좋은가.

"넌 예전이랑 똑같구나. 어쩌면 그렇게 변한 게 없냐."

"전보다 더 멋있어졌네."

이런 말을 들으면 인사치레라는 걸 알면서도 누구나 기분이 좋다. 거짓말하지 말라고 하면서도 마음속 한 구석에는 어쩌면 정말 그럴지도 모른다는 생각이 한 조각 남아 즐거운 에너지가 샘솟는다. 마음이 즐거우니 대화의 분위기도 더 좋아지고, 그 사람과의 만남은 좋은 기억으로 남게 된다. 그런데 이와는 정반대되는 인사말을 습관적으로 하는 사람들이 있다.

"왜 이렇게 삭았어?"

"흰머리가 부쩍 늘었네. 얼굴에 주름 좀 봐."

누군가에게 이런 말 하는 사람의 심리를 도통 이해할 수가 없다. 뭘 의도한 인사말인가. 그래서 노화를 막으라는 건가? 관리를 하라는 건가? 이런 말을 습관적으로 하는 사람들은 상대방이 기분이 좋거나 말거나 아무 생각 없이 입에서 나오는 대로 내뱉는 사람이라고 생각할 수밖에 없다.

또 다른 기분 상하게 하는 인사가 있는데, 주로 살과 관련된 것들이다.

"그새 살이 더 쪘네?"

"요요 온 거야?"

뭔가 대단한 걱정이라도 해주는 척 말하지만 이것처럼 불필요한 말이 없다. 다이어트를 시도해본 사람 중에 살이 찌고 싶어서 찌는 사람이 누가 있겠는가. 다이어트의 필요성을 누구보다 잘 아는 사람은 그 사람 자신이며, 평생을 두고 힘겹게 살과의 전쟁을 치르는 사람도 자신이다. 더구나 스스로 살찐 것에 아무 불만이 없는 사람도 많다. 본인이 자신의 삶에 만족하며 사는데 다른 사람이 무슨 자격으로 남의 몸에 대해 왈가왈부하며 스트레스를 준단 말인가.

몇 년 전 사무실에서 체격이 큰 남자 동료가 책상 앞에 앉아 일을 하고 있을 때였다. 직장 상사 한 명이 지나가다 마주쳤는데, 손가락으로 그 동료의 옆구리를 쿡 찌르며 말했다.

"으이그, 살 좀 빼라."

옆에서 본 내가 다 불쾌해서 동료에게 조심스럽게 물었다.

"괜찮아? 기분 나쁘지?"

동료는 담담하게 말했다.

"괜찮아. 한두 번 겪는 일도 아닌데 뭘."

그 동료는 이런 일을 너무나 많이 당해서 이골이 난 듯했다. 그 동료가 성격이 워낙 무던한 사람인 데다, 남자 상사와 남자 부하 직원 사이의 일이기도 해서 별일 없이 그냥 넘어갔지만, 이건 성별을 떠나 성희롱이나 성추행으로 문제가 될 만한 일이다.

요즘은 자기 딴에는 칭찬이라고 하는 인사가 상대방을 불쾌하게 하는, 더 나아가 성희롱을 가하게 되는 경우도 있다.

"예뻐졌네."

이 말만 보면 그저 평범한 칭찬의 말이다. 듣는 사람은 다 기분이 좋을 것 같다. 하지만 나이 많은 직장 상사가 어린 여직원을 볼 때마다 음흉한 눈빛으로 이 말을 반복한다면 여직원 입장에서는 매우 불쾌할 수 있다. 좋은 인사말이라도 어떤 상황에서 누가 누구에게 하느냐에 따라 칭찬이 될 수도 있고 성폭력이 될 수도 있는 것이다.

인사는 상대방을 향해 하는 것이지, 나 좋으라고 하는 게 아니다. 한순간 지나치는 짧은 말 한마디라도 그 안에는 상대방에 대한 이해와 배려가 담겨 있어야 한다. 본인은 걱정해준다고, 칭찬이랍시고 던진 생각 없는 인사말 하나가 상대방의 정서에 매우 안 좋은 영향을 끼칠 수도 있다. 상대의 기분과는 상관없이 자기 기분대로 정 떨어지는 인사말을 습관적으로 하는 사람은 자신의 말이 인간관계를 해롭게 하고, 조직의 분위기를 해치는 것은 물론이고, 범죄가 될 수도 있다는 걸 알아야 한다.

3장

진심에는 선이 없다

잘나가는 사람은 눈빛으로 배려한다

직장 생활을 하다보면 종종 '인간 병풍'이 될 때가 있다. 바로 상사와 함께 외부 인사들과 만나는 식사 자리에서 양측의 '윗분'들이 서로 자기들끼리만 대화할 때다. 양쪽에서 각각 두세 명 혹은 그 이상의 사람들이 나와서 마주보고 앉았는데, 가운데 마주보고 앉은 두 명이 식사 내내 자기들끼리만 열심히 대화하는 경우가 있다. 그럼 양쪽의 나머지 사람들은 조용히 앉아서 두 명의 말에 귀 기울이다 웃고 박수를 치며 호응을 해준다.

이 '나머지 사람들'은 얼핏 보면 주로 리액션을 담

당한다는 점에서 '청중'처럼 보이기도 하지만, '청중'과는 다르다. 청중은 발언권은 없을지언정 말하는 사람이 항상 존재를 인식하며 반응을 살피는 반면, 이들은 인식의 대상조차 되지 못한 채 배경으로만 존재하기 때문이다. 이들의 존재 이유는 앉아 있음으로써 윗분의 권위를 높여주는 것이다. 윗분이 양옆으로 '아랫것'들을 거느리고 앉아 있어야 어깨에 딱 힘이 들어가기 때문이다. 그러니 이들을 칭하는 말은 '인간 병풍'이라는 표현이 더 적합해 보인다. 그러다 가끔 이들이 주목받는 순간이 있는데, 다 함께 마실 폭탄주를 제조할 때나 추가로 음식을 주문할 때다.

한 자리에서 주인공과 병풍의 역할이 바뀌기도 한다. 차장과 몇 명의 평직원들이 함께 자리를 하면, 차장은 주인공으로서 자신만만한 모습으로 상대 주인공과 대화를 주도한다. 그러다 부장이 늦게 도착하면 그때까지 주인공이었던 차장은 바로 부장에게 가운데 자리를 내주고 순식간에 병풍으로 전락한다. 마지막으로 국장이 오면 그때까지 어깨에 잔뜩 힘이 들어간 채 거드름을 피우던 부장이 다시 옆으로 밀려나 끝날 때까지 충실한 병풍의 역할을 수행한다. 한 번도 가운데 자리에 앉아보지 못한 평직원들은 변변히 말할 기회도 얻지 못하다 보니, 상대 쪽 사람들은 그들의 이름은커녕 얼굴조차 기억하지 못한다. 그렇게 허구한 날 윗분들을 따라 이름 없이 이 자리 저 자리 불려 다니는 것이 인간 병풍들의 신세다.

그런데 경제부 기자 시절, 그런 통상적인 상사와는 매우 다른 사람을 만난 적이 있다. 한 경제부처의 고위 관료였는데, 다양한 연차의 기자들과 저녁 식사를 하는 자리였다. 특히 이야기를 할 때, 그 눈빛이 매우 인상적이었다. 이야기하는 내내 결코 한 사람과만 눈이 마주치는 적이 없었다. 계속해서 시선을 돌리며 맞은편에 앉은 사람들과 골고루 눈을 마주치며 이야기했다. 심지어 한 문장 안에서도 어절마다 시선을 바꾸며 사람들에게 눈길을 나눠주기도 했다. 자꾸만 자신에게 눈길이 오니 모두가 그의 말에 귀를 기울일 수밖에 없었다. 그의 이야기를 듣는 모든 이가 그 자리에서 주인공처럼 느껴졌다.

더 인상적인 건 자신의 팀원에게도 수시로 말할 기회를 준다는 것이었다. 자신이 대화를 주도하면서도 화제가 바뀔 때마다 팀원 중 적절한 사람에게 주도권을 넘겨줬고, 기회가 있을 때마다 상대 쪽 사람들에게 팀원들의 개성과 장점 등을 이야기해주며 칭찬했다. 그 팀원들 역시 그런 상황에 익숙한 듯 자유롭게 대화에 끼어들었고, 자신들의 주장을 펴는 데 거리낌이 없었다. 당연히 식사 자리도 즐거웠다. 모든 참석자들이 자유롭게 흥미로운 얘기들을 꺼내놓으니 재미도 있고, 미처 몰랐던 이야기들도 알게 되어 흥미로웠다. 그 자리에 병풍은 없었다. 한 번의 식사 자리만으로도 평소 그가 이끄는 조직이 얼마나 유연하고 소통이 잘 되는지 충분히 알 수 있었다.

정치부 기자 시절 만난 한 유력 정치인과의 저녁 식사 자리도 인상적이었다. 오랜 정치인 생활 동안 국회와 정당, 청와대 등에서 여러 주요 직책을 맡으며 '정치 9단'이라는 별명을 얻은 유명 정치인인 그와의 저녁 약속을 잡는 건 쉬운 일이 아니었다. 그를 만난다는 소식에 친하게 지내는 여러 언론사의 기자 10명가량이 자리를 함께했다. 대부분 5년차 안팎의 젊은 기자들로, 그중에는 1, 2년차의 신입 기자도 있었다. 그런데 그 유력 정치인은 그 자리에서 식사하고 대화를 하는 와중에도 줄곧 10명가량의 기자들 한 명 한 명의 이름을 외우며 말끝마다 이름을 부르려 노력했다. 상대가 연조(年條)가 더 있건 없건, 메이저 언론사 기자건 마이너 언론사 기자건 가리지 않았다. 나중에 우연히 화장실에서 그를 마주친 적이 있는데, 나와는 그때 여러 명과의 술자리에서 잠깐 얼굴을 본 게 다였는데도 'MBC 김경호 기자'라며 또박또박 내 이름을 부르는 모습을 보고 놀란 기억이 있다. 정치권에 있는 사람들 얘기를 들어보니 그는 평소에도 같은 정당의 후배 정치인들에게 언제나 윗사람보다 아랫사람, 선배 기자들보다 후배 기자들을 더 챙겨야 한다고 강조한다고 한다.

이렇게 여러 사람들을 동시에 상대하는 자리에서 어느 누구도 병풍이 되지 않게 하는 것이 쉬운 일은 아니다. 가끔 대학에서 특강을 할 일이 있는데, 수업을 시작하기 전에는 항상 모든 학생들에게 시선을 골고루 줘야겠다고 마음을 먹는다. 그런데 막상 강의를 하다 보면 초롱초롱한 눈빛으로 나에게 시선을 고정한 학생, 고개를 끄덕이며 적극적으로 호응해주는 학생, 열심히 내 말을 받아 적으며 진지하게 수업에 임하는 학생에게 나도 모르게 시선이 머물고 있음을 깨닫게 된다. 나도 모르는 사이에 여러 학생들이 그 수업의 주인공이 아닌 주변인이 되고 있는 것이다. 그러면 얼른 다시 시선을 돌려 다른 학생들의 눈을 바라보려 하지만 자꾸만 놓치게 된다.

술자리에서는 그게 더 어렵다. 어느 술자리에서나 말을 재미있게 하고 많이 하면서 그 자리를 주도하는 사람이 있다. 그 사람의 말에 푹 빠져 신나게 대거리를 하다 보면 어느새 점점 자리에서 소외되는 사람이 나오기 시작한다. 특히 화제가 일부 참석자의 삶과 동떨어진 방향으로 장시간 흘러가게 되면 어느새 인간 병풍이 만들어지게 된다. 미혼인 사람 한 명 앉혀놓고 나머지 기혼자들끼리 계속해서 육아 얘기만 한다든가, 군 미필자가 있는데도 돌아가며 군대 시절 얘기만 신나게 떠드는 식이다. 그럴 때면 누구 한 명이라도 정신을 차리고 모두가 함께 나눌 수 있는 이야기로 화제를 돌려야 하지만, 술기운에 한층 올라간 흥이 어우러지면 누가 소외되거나 말거나 이야기는 가던 길로 끝없이 직진한다. 병풍이 혼자 조용히 술만 들이켜고 있거나 하품을 하며 무언의 신호를 보내도 알아채지 못한다.

그래서 사람들을 만날 때는 언제나 눈빛을 잘 나눠주기 위한 노력이 필요하다. 눈은 입보다 훨씬 더 많은 말을 해서, 눈빛만으로 상대에게 깊은 위로를 줄 수도 있고, 때로는 그 눈빛 하나로 씻을 수 없는 상처를 줄 수도 있다. 어떤 말이나 행동 없이도 상대방을 그 자리의 주인공으로 만들 수 있고, 주변인으로 밀어낼 수도 있는 것이 바로 우리가 매일 사람들에게 보내고 있는 눈빛이다. 그 소중한 눈빛을 무심코 버리지 않고, 여러 사람에게 값지게 나눠주려면 연습도 하고 훈련도 해야 한다. 그렇게 노력해도 쉽지가 않다. 그래서 나도 항상 노력하고, 놓치고, 반성하고, 다시 노력하기를 무한 반복하며 살아간다. 나태주 시인의 시 한 편으로 이 이야기의 결론을 대신하고자 한다.

꽃들아 안녕

꽃들에게 인사할 때

꽃들아 안녕!

전체 꽃들에게

한꺼번에 인사를

해서는 안 된다

꽃송이 하나하나에게

눈을 맞추며

꽃들아 안녕! 안녕!

그렇게 인사함이

백번 옳다.

_나태주, 《꽃을 보듯 너를 본다》

호감 사는 참견

MBC 예능 프로그램 〈전지적 참견 시점〉이 3년 넘게 순항 중이다. "당신의 인생에 참견해드립니다"라는 문구를 내걸고 있는 이 프로그램이 다른 리얼 다큐 형식의 예능 프로그램들과 다른 점은 스튜디오에 출연한 패널들이 단순히 주인공의 삶을 관찰만 하는 것이 아니라 이러쿵저러쿵 참견을 한다는 것이다. 패널은 주인공에게 맛집을 추천해 준 뒤 먹는 모습을 지켜보며 '뭐부터 먹어라' '뭐는 함께 먹어야 맛있다' 하는 식으로 식사 순서와 요령 등 사소한 것들까지 시시콜콜 참견한다. 참견을 듣는 당사자는 그게 귀찮은 듯 투정을 부리면서도 결국 받아들인다. 자신을 향한 참견 속에 담긴 관심과 애정을 알기 때문이다.

사실 '참견(參見)'이라는 단어가 갖고 있는 어감은 그다지 긍정적이지 않다. '남의 일이나 말에 끼어드는 것'을 참견이라 하는데, 보통 꼭 필요한 상황보다는 쓸모없는 과도한 개입이 벌어진 경우에 이 말을 쓴다. "참견 좀 하지 마"라는 말은 익숙하지만 "참견 좀 해줘"라는 말은 어색하다. 갈수록 개인의 프라이버시가 중요해지는 요즘, 참견은 나쁜 것, 하지 말아야 할 것처럼 여겨지는 경우가 많고, 개인주의를 선호하는 젊은 세대일수록 더 거부 반응을 보인다. 종종 상대의 무례한 지적과 개입으로 상처를 입은 사람들은 참견이라는 말만 들어도 진저리를 친다.

그런데 참견이 참 고마울 때도 있다. 회사에서 내 자리에 있는 데스크톱 컴퓨터를 교체하게 됐을 때의 일이다. 다른 직원이 쓰던 중고 컴퓨터를 받아서 자리에 갖다 놓고 어떻게 설치해야 할지 몰라 혼자 끙끙대고 있는데 같은 부서에서 일하는 후배 기자 Y가 내 자리로 왔다. 내가 부탁도 하지 않았는데 컴퓨터를 이리저리 만진 그는 선을 다 연결해서 쓰기 좋게 만들어놓았다. Y의 참견은 거기서 그치지 않았다. 가로로 놓인 두 개의 모니터 중 하나를 세로로 돌려놓더니, 거기에 맞춰서 세팅도 모두 새로 해놓았다.

"선배는 평소에 컴퓨터로 신문을 많이 보니까 모니터를 세로로 바꿔놓을게요. 그게 신문 보기에 훨씬 편하니까 한번 써보세요."

이어서 신문 읽는 데 필요한 프로그램과 기사 작성 프로그램 등 여러 필요한 프로그램도 알아서 다 설치해준 Y는 표표히 자기 자리로 돌아갔다. 컴퓨터와 전자기기에 대해 웬만한 어르신보다도 익숙하지 않은 나로서는 이런 기기들을 만질 때마다 쩔쩔매다 결국에는 누군가에게 도움을 요청하곤 한다. Y가 컴퓨터에 대해 잘 안다는 건 알고 있었지만, 그가 얼마나 일이 많고 바쁜지도 잘 알고 있기에 업무 시간에 그에게 그런 잡일을 부탁하는 건 여간 미안한 일이 아니었다. 그런데 내가 부탁도 하기 전에 본인이 스스로 와서 일을 다 처리해주고, 심지어 내가 모르는 부분까지 챙겨서 더 해주니 참으로 고마운 일이었다.

Y는 평소에도 이런 참견을 잘한다. 본인이 해야 하는 일이 많은데도, 틈날 때마다 내가 참여하는 뉴스 코너의 아이템을 제안한다. 그 아이템이 채택되고 방송에 잘

나가더라도 본인에게는 돌아오는 것이 아무것도 없는데도, 평소 관심을 놓지 않고 있다가 좋은 아이디어가 떠오르면 적극적으로 제안을 해온다. 내 아이템의 원고가 올라오면 굳이 그걸 다 읽어보고는 수정하면 좋을 것 같은 부분을 찾아 의견을 주기도 한다. 필요하면 많은 분량의 촬영 원본까지 다 찾아본다. 직접적으로 해당 리포트의 제작에 참여하지 않은 기자의 이런 객관적인 의견은 뉴스의 품질 향상에 큰 도움이 된다. Y는 누가 부탁하지 않아도 없는 시간을 쪼개가며 그렇게 순수하고 고마운 참견을 하고 있는 것이다. 그가 나보다 후배지만 그의 참견이 한 번도 귀찮거나 꺼려진 적이 없다. 아무리 간섭하고 참견해도 싫지가 않고 오히려 호감도가 올라가니 진정한 '프로 참견러'라 할 만하다.

이런 프로 참견러 Y에게서 배울 수 있는 호감 사는 참견의 몇 가지 원칙이 있다. 우선 Y는 아무 때나 참견하지 않는다. 상대를 지켜보고 있다가 꼭 필요한 때에 개입한다. 상대의 입장에서는 정말 도움이 필요할 때 힘을 보태주니 고마울 수밖에 없다. 이렇게 참견의 시점을 잘 잡으려면 평소에 주변 사람에게 관심이 있어야 한다. 상대에 대해 알아야 그가 도움이 필요한 때가 언제인지도 알 수 있다. 주변 사람에게 평소에 관심도 없고 애정도 없다가 상대가 도움이 필요한 때가 아닌, 자기가 자랑이 필요할 때 참견을 하는 사람들이 '비호감 참견러'인 것이다.

그리고 참견을 하더라도 결코 선을 넘지 않는다. 상대가 필요한 만큼, 상대가 원하는 만큼만 참견을 한다. 길게 얘기하지도 않는다. 하고자 하는 말의 핵심만 얘기하고, 그걸 반복하지 않는다. 그러니 상대 입장에서 '과하다'는 느낌이 들지 않는다. 적당히 치고 빠질 줄 안다는 것이 쓸데없이 '오지랖 넓은 사람'과 다른 점이다.

가장 중요한 건 참견에 사심이 없고 즐겁게 한다는 것이다. 참견할 때 Y의 모습을 보면 시종일관 얼굴에서 웃음이 떠나지 않는다. 즐겁게 참견하며 그 밝은 에너지를 상대에게 전해준다. 상대가 참견의 내용을 받아들였는지에 연연하지 않고, 참견 이후에는 그걸 다시 언급하지 않는다. 이렇게 상대를 배려하는 순수한 참견을 어찌 아름답다 아니 할 수 있을까.

요즘은 사회 전반적으로 웬만하면 남의 일에 상관하지 않는 것이 미덕처럼 여겨지는 분위기가 느껴진다.

예전에는 어른이 길거리에서 담배를 피우는 학생을 보면 야단을 치고 혼을 내기도 했지만, 요즘 그랬다가는 이상한 사람으로 취급당하기 쉽다. 누군가 괜히 남의 일에 참견했다가 해코지를 당했다는 흉흉한 소식도 종종 전해지다 보니 사람들은 갈수록 더 서로를 향해 벽을 치기 일쑤다. 길을 지나다 범죄 현장을 목격하고도 피해자를 도와주기는 커녕 신고조차 안 하는 사람들이 많다고 한다. 개인의 삶을 존중하고 개성을 인정하는 건 아무리 강조해도 지나치지 않는 가치이다. 하지만 숙명적으로 사회를 구성하고, 사람과 어울려 살아야만 하는 우리는 적당히 서로 참견도 하고, 간섭도 해야 살아갈 수 있는 존재가 아닐까. 상대를 배려하지 않는 무례한 참견은 자제해야겠지만, 참견 속에 들어 있는 사람에 대한 관심과 따뜻한 정마저 사라져버리는 건 아쉬운 부분이다.

같이 우는 즐거움에 관하여

뉴스를 진행하는 생방송 도중이었다. 스튜디오 카메라 앞에 앉아 다음에 소개할 기사를 준비하고 있는데, 화면에서 구조 활동을 하다 숨진 소방관의 영결식 소식이 전해졌다. 고개를 들어 화면을 보니 모자이크 된 영상 속에 숨진 소방관의 부인과 아이가 보였다. 그 모습을 보는 순간 갑자기 울컥하면서 감정이 복받쳐 올라왔다. 나보다 한참 젊어 보이는 고인의 영정 사진 앞에서 그보다 더 젊어 보이는 부인이 슬픔을 주체하지 못한 채 통곡하고 있었고, 그 옆에서는 서너 살밖에 안 돼 보이는 어린아이가 무슨 일이 벌어진지도 모른 채 엄마의 눈물을 닦아주고 있었다. 함께 오랜 시간을 보내지 못하고 젊은 나이에 사랑하는 사람을 떠나보낸 부인이 얼마나 원통할지, 나중에 커서 지금 그 자리의 의미를 알게 될 아이가 얼마나 슬프고 애석할지 생각하니 너무나 마음이 아팠다.

하지만 아직 뉴스 진행이 끝난 상태가 아니었기에 얼른 정신을 차리고 감정을 추스렸다. 마냥 감정에 젖어 있다가는 자칫 방송 사고로 이어질 수도 있었다. 다행히 그날 방송은 아무 탈 없이 잘 마쳤지만, 뉴스를 끝낸 뒤에도 한참 동안 마음속에서는 안타깝고 슬픈 감정이 쉬이 가시지 않았다.

얼마 뒤 경남 통영에서 해상 동굴에 고립된 다이버 두 명을 구하러 바다에 들어간 서른네 살의 해양 경찰관이 다이버들을 모두 구한 뒤 본인은 탈수 증세를 보이다 실종됐다는 소식이 들어왔다. 꼭 살아서 돌아오길 바랐는데, 다음 날 출근해보니 결국 숨진 채 발견됐다는 기사가 떠 있었다. 안타까운 마음에 관련 기사들을 찾아 읽다가 "가족으로는 부모님이 있는 것으로 알려졌다"는 짧은 문장 하나가 가슴에 박혔다. 자식이 죽으면 부모는 가슴에 묻는다고 하는데, 자랑스러운 자식이 경찰관이 되고 몇 년 되지도 않아 젊은 나이에 꿈을 채 피워보지도 못하고 떠나면 그 부모의 마음은 어떨까. 그 한스럽고 원통한 심정이 떠올라 또다시 울컥했다.

그날 밤 뉴스에서 이 경찰관의 안타까운 소식을 전하며 그 부모님께 조금이라도 위로가 되길, 그리고 시청자들이 그의 고귀한 희생을 기억해주길 바라는 마음을 앵커 멘트에 담았다.

"자신을 희생해 시민 두 명의 생명을 구한 경찰관의 명복을 빕니다."

하지만 이 짧은 문장 하나가 하늘이 무너지는 슬픔을 겪은 그 부모님께 어떤 위로가 될 수 있을까. 뉴스를 마칠 때까지 내내 마음이 무거웠다.

시간이 갈수록 뉴스로 전하는 안타까운 소식들에 더 감정 이입이 된다. 반복되는 아동 학대 소식에 참을 수 없는 분노가 치솟고, 잔인한 동물 학대 영상을 차마 볼 수 없어 눈을 돌린다. 특히 불의의 사고로 사랑하는 사람을 떠나보낸 이들의 사연을 전할 때가 유난히 힘들다. 울적한 마음도 들고 때론 눈물도 난다. 나이가 들어가는 탓일까.

확실히 어렸을 때보다 눈물이 많아진 게 느껴진다. 집에서 TV를 보다가 출연자의 슬픈 얘기에 훌쩍훌쩍 눈물을 훔치고, 노래 잘하는 가수의 감동적인 노래에 코끝이 찡해지기도 한다.

그게 나만의 이야기는 아닌 것 같다. 중년 남성들이 드라마를 보면서 훌쩍대다가 부인한테 구박을 받았다는 얘기를 종종 듣는다. 그럴 때마다 항상 나오는 게 호르몬 얘기다. 남성이 나이가 들수록 눈물이 많아지는 건 남성 호르몬이 줄어들기 때문인데, 보통 40대부터 이 호르몬이 감소한다고 한다.

그런데 내 경험을 떠올려보면 그게 오직 호르몬 때문일까 하는 생각이 든다. 과학적 원리를 부정하자는 건 아니다. 호르몬의 영향이 분명히 있겠지만 나이가 들수록 다양한 직간접적 경험이 늘어가면서 전에는 이해할 수 없었던 일들이 이해가 되고, 남의 일처럼 느껴졌던 것들을 공감할 수 있게 되면서 눈물이 늘어가는 이유도 있지 않을까.

젊은 시절 지독한 실패를 겪어본 사람은 그것이 주는 좌절감이 얼마나 큰지 알기에 실패로 인해 실의에 빠져 있는 사람의 마음을 더 잘 이해할 수 있다. 사랑하는 사람을 잃는 큰 아픔을 겪어본 사람은 그 상실감이 얼마나 깊은지 알기에 비슷한 상황에 놓인 사람의 아픔을 더 잘 위로할 수 있다. 그래서 나와는 상관없는 남의 슬픔에 마음이 아프고 눈물이 난다.

프랑스 철학자 장 자크 루소는 눈물에 대해 이런 말을 했다고 한다.

> "같이 우는 것의 즐거움만큼 사람들의 마음을 결합시키는 것은 없다."

슬픔에 빠진 이에게 줄 수 있는 가장 큰 선물은 어쩌면 함께 흘려주는 눈물일지도 모른다. '당신의 아픔을 가슴 깊이 이해하며 공감한다'는 무언의 위로이며, 당신이 혼자가 아니라는 진심 어린 메시지이기 때문이다. 그렇기에 호르몬 때문이든 경험 때문이든 나이가 들수록 눈물이 늘어가는 건 축복일 수 있다는 생각이 든다. 누군가를 위해 울어줄 수 있기에 우리는 혼자가 아닌 것이다. 그래서 난 오늘도 아무 때나 몰래 훌쩍거리며 티슈를 찾는다.

누군가의 팬으로 산다는 것

나는 프로야구 LG 트윈스의 팬이다. TV를 너무 좋아해서 매일 엄마에게 혼나던 어린 시절, MBC라는 방송사 이름과 '청룡'이라는 팀명이 왠지 멋있어서 MBC 청룡 팬이 되기로 마음을 먹었다. 그리고 MBC 청룡 어린이 회원이 되면서 시작된 '팬 살이'는 MBC 청룡이 LG 트윈스로 옷을 갈아입으면서 30년 넘게 이어지고 있다.

LG 트윈스의 오랜 팬들 사이에는 서로를 향한 애틋하고 짠한 정서가 있다. 암흑기로 불리던 2003년에서 2012년까지 무려 10년 동안 리그 순위에서 '6668587667'이라는 비밀번호를 찍으며 주야장천 하위권을 맴돌던 당시 형성된 정서다. 그렇게 오랫동안 야구를 못하는데도 응원하는 팀을 바꾸지 않고 LG 팬으로 남아 있는 남자라면 딸을 줘도 아깝지 않은 1등 사윗감이라는 우스갯소리가 돌던 시절이다.

야구를 못할 거면 그냥 시즌 처음부터 끝까지 쭉 못하면 마음이라도 편할 텐데, 매년 시즌 처음에는 상위권으로 치고 나가, 흥분한 팬들이 '올해는 달라졌어!'라며 주변에 사방팔방 설레발을 치고 나면, 기다렸다는 듯이 그때부터 급전직하, 드라마틱한 하락으로 팬들의 입에 거품을 물게 하고, 주변인들로부터 DTD(Down Team is Down, 내려갈 팀은 내려간다)라는 비아냥과 함께 온갖 조롱과 수모를 겪게 했다.

당시에 이런 심적 고통을 공유하는 LG 팬들끼리의 애틋한 마음은 실로 대단했다. 회사 복도를 지나가다 만나면 서로 아무 말 없이 어깨를 툭툭 쳐주거나, 짠한 눈빛을 교환하기도 하고, 처음 만난 사람이 LG 팬이라고 하면 마치 잃어버린 형제를 찾기라도 한 듯 서로 손을 덥석 잡아 흔들기도 했다. LG 트윈스 응원 모자를 쓰고 동네 빵집에 가면 LG 팬인 빵집 아저씨가 슬쩍 빵을 덤으로 얹어주고는 비밀 이야기라도 하듯 귀에다 "힘내"라고 속삭이기도 하던 그런 시절이었다.

그랬던 내가 그 시절 딱 한 번 '혹시 내가 응원하는 팀을 바꾸게 되는 건 아닌가?' 하는 의심을 한 적이 있다. 당시 KBO 리그 최강 팀은 김성근 감독이 이끄는 SK 와이번스였는데 타 팀 팬들이 봐도 야구를 기가 막히게 잘했다. 만화에나 나올 법한 완벽한 팀이라는 말을 들을 정도였으니, LG 팬인 나도 SK의 경기는 관심 있게 지켜보곤 했다. 특히 당시 SK는 LG의 잠실 라이벌 두산을 포스트시즌 때마다 만나 실신을 시켜놓는 팀이다 보니 LG 팬에게 묘한 대리만족을 안겨주기도 했다.

매일 극적인 패배로 정신 건강을 피폐하게 하는 LG 경기만 보다가 물 샐 틈 없는 수비와 탄탄한 마운드에 시원시원하게 홈런도 잘 치며 승리를 밥 먹듯 하는 SK 경기를 보니 야구를 보는 마음이 그렇게 편할 수가 없었다. 심지어 힐링이 되는 기분까지 들었다. 점차 SK 선수 하나하나가 눈에 들어오고, SK가 이기면 환호까지 하는 내 모습을 발견하게 됐다. 문득 겁이 났다. '내가 이렇게 LG 팬에서 SK 팬으로 바뀌는 건가?' 야구를 끊으면 끊었지, 응원하는 팀을 바꾼다는 건 상상도 못 한 나였기에 이런 내 모습이 당혹스러웠다.

그러던 어느 날, 그해 시즌이 막바지로 치닫고 있을 때였다. 그날도 스마트폰으로 중계를 바꿔가며 LG 경기와 SK 경기를 동시에 보고 있었다. 여느 때와 마찬가지로 일찌감치 포스트시즌 진출을 확정 지은 SK는 이기고 있었고, 포스트시즌 탈락 기록을 또 한 번 늘린 LG는 지고 있었다. 먼저 경기를 끝낸 SK의 완벽한 승리에 힘차게 환호를 하고 LG 경기로 돌렸는데, 계속 지고 있던 LG가 그날따라 웬일인지 9회에 끝내기 역전타로 승리를 거두는 게 아닌가. 그 순간 갑자기 두 눈에서 눈물이 주룩주룩 흘러내렸다. 그 한 경기 이겨 봐야 어차피 포스트시즌 진출은 물 건너 갔고, 순위에도 아무런 영향을 못 미치는데, 그 별 볼 일 없는 승리 하나에 눈물이 샘솟았다.

그 순간 깨달았다. '팬심'이란 이런 거구나. 멋지고 잘나가는 모습에만 환호하는 것이 아니라, 고난과 시련을 함께 겪고, 아픔의 마음도 함께 나누며 더 단단해지는 것. 그런 게 팬심이구나. 누군가의 팬이 된다는 건 철저히 순수한 감정의 영역에 있는 것이지, 머리로 재단하고 이성과 논리로 따지는 것이 아니구나.

회사에서 〈마이 리틀 뉴스데스크〉라는 프로그램을 진행한 적이 있다. 매일 오후 5시를 전후해 유튜브 채널에서 한 시간 동안 그날 있었던 뉴스들을 소개한 뒤, 시청자들의 실시간 투표로 그날 밤 메인뉴스에 보도할 아이템을 정하고, 실제로 〈MBC 뉴스데스크〉 마지막에 시청자 의견과 함께 해당 뉴스들을 보도하는 콘셉트였다. 회사 바깥에서는 뉴스 아이템 선정에 시청자를 직접 참여시킨 참신한 시도라는 호평이 많았지만, 회사 안에서는 평이 썩 좋지 않았다. '뉴스가 예능이냐' '기자가 연예인이냐' 여러 비판이 쏟아졌다. 시청자 수가 많기라도 하면 그 힘으로 버티련만, 방송 내내 실시간 접속자 수가 많아 봐야 300여 명 정도밖에 되지 않았다. 결국 석 달 반 만에 프로그램은 소리 소문 없이 폐지되고 말았다.

방송 마지막 날, 그동안 애매한 방송 시간에도 잊지 않고 찾아준 시청자들을 위해 방송 중에 전화를 연결하는 시간을 가졌다. 방송 초반 악플러였다가 시간이 지나면서 열혈 팬으로 바뀌어 가족처럼 응원해준 한 시청자가 눈물 젖은 목소리로 전화를 걸어왔다. 갑작스러운 폐지 소식에 밤새 울었다면서 채팅창에서 나에게 모진 말을 했던 기억이 떠올라 마음이 아프다고 했다. "계속 방송하면 안 되나요?"라며 울먹이던 한 초등학생 팬의 어머니는 아들이 마지막 방송 직전까지 울음을 그치지 못했다고 말했다. 내가 더 잘했으면 이들이 이렇게 눈물 흘릴 일이 없었을 텐데, 그러지 못해 그들에게 아픔을 줬다는 생각에 마음이 찢어지는 것 같았다. 실시간 접속자가 끝없이 늘어나고 조회수가 치솟는 인기 유튜브 채널이었다면 그들도 이토록 애틋한 팬은 아니었을 텐데, 매일 애를 써도 별로 보는 사람은 없고, 이리 치이고 저리 치이는 못난 프로그램이다 보니 그들의 마음도 그토록 짠하고 애틋했다. 그들에게 난 우승을 밥 먹듯 하며 매일 팬들을 환호하게 했던 SK 와이번스가 아니라, 장기간의 지질한 경기력으로 팬들에게 고통을 주던 그 시절 LG 트윈스였던 것이다.

사랑하는 마음에는 죄가 없다. 팬들의 사랑이란 상대에게 대가를 바라지 않고 주기만 하는 절대적 사랑이다. 사랑은 받을 때 행복할 뿐만 아니라 줄 때 느끼는 기쁨도 크다. 그런 사랑을 무한히 줄 수 있는 누군가가 있으니 얼마나 감사한 일인가. 그들은 무한 팬심을 통해 함께 기쁨을 누리고 아픔을 나누며 사랑을 배운다.

요즘은 사회가 점차 다변화되고, 사람들의 취향도 다양해지면서 연예인이나 스포츠 스타뿐만 아니라, 정치인, 요리사, BJ 등 다양한 분야의 사람들이 수많은 팬들을 몰고 다닌다. 팬의 종류도 많아졌고, 팬들의 힘도 세졌다. 그 과정에서 간혹 열광적인 팬심이 배타적이거나 폭력적인 모습으로 표출돼 '빠'라는 단어로 비하되기도 한다. 때로는 우상에 대한 팬들의 절대적 사랑이 다른 누군가에 대한 혐오로 변질돼 왜곡된 모습을 보이기도 한다. 그건 진정한 팬심이 아니다. 팬심이 가진 열정적이고 긍정적인 에너지가 '혐오'가 아닌, '사랑'으로 표출되기를 바란다. 누군가의 팬만이 할 수 있는 절대적 사랑이 우리 사회에 더 많은 사랑을 키워내기를, 그렇게 세상을 더 아름답게 만들기를 소망한다.

후배가 내 직장 상사가 된다면

LG 그룹 직원으로부터 흥미로운 실험 얘기를 들었다. 회사에서 한 달에 하루씩 임원과 팀장이 출근하지 않는 '리더 없는 날'을 운영하고 있다는 것이었다. '구성원들이 조직 책임자가 없는 상황에서 주도적으로 업무를 수행하고 책임자들에게는 재충전의 기회를 주기 위한' 취지라고 했다. 모든 업무가 팀장 혹은 부장 중심으로 돌아가는 것이 당연하게 여겨지는 일반적인 직장 문화 속에서 처음 들어보는 이색적인 시도가 신선하게 다가왔다. 그 실험의 결과가 어떨지도 궁금했다. 한 가지 아쉬운 건 '하루'라는 실험

기간이었다. 팀장이 없는 진짜 효과를 보려면 하루 정도가 아니라 최소 일주일, 가능하면 아예 한 달 정도 팀장 없이 팀원끼리 일을 해봐야 실질적으로 팀장을 업무에서 배제시킬 수 있고, 그래야 더 분명하게 효과가 드러나지 않을까 하는 생각이 들었다.

얼마 뒤 만난 한 SK 그룹 직원은 더 파격적인 실험 소식을 전해줬다. 일부 계열사에서 신입 사원에게 일정 기간 동안 팀장을 맡기는 실험을 하고 있다는 것이었다. 기존의 조직 문화에 물들지 않은, 외부인이나 다름없는 신입사원에게 한정된 기간이나마 책임자의 위치를 부여함으로써 조직에 새로운 바람을 불어넣고자 하는 의도로 읽히는데, 갑자기 중책을 부여받은 신입 사원이나, 새파랗게 나이 어린 후배에게 보고를 해야 하는 선배들이나 얼마나 당혹스러웠을지 짐작이 가고도 남는다.

어떻게 이런 실험이 가능한지 물었더니, 이미 회사 내에서 연차와 상관없이 보직을 맡기기 시작한 지 꽤 됐다고 설명해줬다. 경험자들의 말로는 선배가 후배 팀장 밑에서 일하는 것이 처음에는 서로 불편하고 어색했지만, 일을 하다 보니 그런 변화에 적응이 되기 시작했고, 차차 나이나 연차 문제가 잊혀갔다고 한다.

국내 기업들이 이렇게 팀장을 없애도 보고, 팀원에게 팀장을 맡겨도 보는 건 수직적인 조직 문화에 대해 얼마나 심각하게 문제의식을 갖고 있고, 변화하려 몸부림치고 있는지를 보여주는 것이라고 할 수 있다. 사람들 사이에서 유난히 상하 관계를 따지는 우리의 문화는 세계적으로도 정평이 나 있지 않은가. 사람을 만나면 우선 나이부터 물어보고 형과 언니, 동생을 가린 뒤 존댓말과 반말로 가르는 철저한 상하 관계 속에서 성장하고 평생 그걸 당연하게 생각하며 살아가다 보니, 그 관계가 역전되는 것을 받아들이는 것은 쉬운 일이 아니다. 조직에서 연차 높은 사람을 그보다 낮은 사람 밑에 발령 내는 건 모욕을 주는 것으로 받아들여지고, 아예 회사를 나가라는 의미로 읽히기도 한다. 실제로 일부 회사들이 정리 해고의 수단으로 그걸 이용해온 것 또한 사실이다. 대표적으로 상하 관계가 엄격한 조직인 검찰의 경우에는 오랜 세월 동안 후배나 동기가 총장이 되면 그 윗 기수와 같은 기수는 다 함께 사표를 내고 물러나는 것이 관례이기도 했다.

내가 몸담고 있는 언론계 역시 조직 문화가 보수적이기로 유명한 곳이다. 처음 입사한 순간부터 선배로부터 일대일 도제식 교육을 받고, 이 과정에서 훈계를 넘어선 강압적인 언어가 거침없이 뿜어져 나오다 보니, 이후에도 후배가 선배의 권위를 넘어선다는 것은 상상하기 어려운 일이다. 인사발령이 날 때마다 일정한 연차를 채운 사람들만 보직의 후보가 되고, 딱히 특정 보직에 대한 경력이나 전문성 있는 사람이 없더라도 어떻게든 그중에서 인사를 내는 것이 일반적이다. 한 분야에서 누가 봐도 출중한 사람이 있더라도 그 사람의 연차가 적다면 결코 리더가 될 수 없다.

내가 현재 몸담고 있는 팀은 그런 분위기와는 다른 특별한 조직 문화를 만들고 있다. 이곳은 뉴스의 새로운 형식과 콘텐츠를 실험하고 발굴하는 곳으로, 그동안 혁신적인 형식과 내용으로 언론계 안팎에서 좋은 평가를 받은 '로드맨' '소수의견' '법이 없다'와 같은 〈MBC 뉴스데스크〉의 대표 코너들이 바로 이곳에서 개발됐다. 새로운 영역에 도전하는 곳인 만큼 구성원 역시 젊은 기자로 채워져 있는데, 모두 연차와 상관없이 평등한 관계를 맺고 있다.

팀의 일정을 관리하고, 회의를 주재하고, 윗선에 보고하는 리더의 역할을 해온 사람은 나보다 여러 해 늦게 입사한 후배 기자이다. 열정 넘치고 센스 있는 젊은 후배의 리드에 나를 포함한 그의 선배들과 동기들은 모두 그를 믿고 따른다. 후배가 리더이다 보니 조직에서 권위의식이란 찾아볼 수가 없다. 거의 매일 열리는 아이디어 회의에서 팀원들은 어떤 눈치도 보지 않고 마음껏 자신의 의견을 낸다. 누구나 편하고 즐거운 분위기 속에서 끊임없이 참신한 아이디어를 쏟아내니, 계속해서 좋은 성과가 나올 수밖에 없다.

나는 여기서 새로운 조직 문화의 가능성을 본다. 함께 일하는 여러 후배 기자들로부터 나는 많은 것을 배우고 깨우친다. 그들을 진심으로 존경한다. 이런 후배들이라면 내가 얼마든지 직장 상사로 모시고 일해도 좋겠다는 생각을 한다. 일에 대해 함께 공유하는 열정과 서로 존중하는 마음만 있다면 누가 나이가 많고 연차가 높은지는 중요한 문제가 아니다.

오랜 시간 안정적인 성장을 지속해오던 지난 시대에는 성장의 경험을 축적한 연장자가 가장 유능한 리더였다. 연장자의 지휘 아래 구성원들은 그의 경험을 공유하고 배우며 성장해갔다. 하지만 지금처럼 전례 없이 새로운 도전과 변화를 맞닥뜨려야 하는 혁신의 시대에는 '새로움을 주장하는 리더'가 아니라 '새로움으로 무장한 리더'가 필요하다. 그렇다고 윗세대의 경험이 필요 없다는 얘기는 아니다. 패기와 열정으로 앞에서 이끄는 젊은 리더 뒤에는 경험과 노하우로 뒷받침해줄 노련한 참모가 있어야 한다.

핀란드에서 34세 여성이 총리직에 올랐다. 같은 유교 문화권인 일본에서는 44세의 오사카 지사가 코로나19 사태 속에서 총리와 차별화된 발 빠른 대처로 큰 주목을 받기도 했다. 조직에서 연차가 높다는 이유로 책임자가 되고, 나이가 적다는 이유로 들러리를 서는 시대는 이제 종말을 향해 가고 있다. 이런 변화를 받아들이지 못하는 사람과 조직은 낙오될 수밖에 없다. 우리 사회에서도 열정과 패기, 도전과 창의로 뭉친 젊은 리더들이 새로운 시대를 이끌어주길 기대해본다.

누군가를 질투하지 않는 삶

2NE1의 노래 〈내가 제일 잘 나가〉를 처음 들었을 때 받았던 충격을 지금도 잊을 수 없다. 누구나 한 번쯤 소망했을지언정, 누구나 한 번쯤 마음속으로 생각했을지언정 결코 입 밖으로는 꺼내지 못할, 만약 정말 꺼낸다면 주변 사람들이 등 돌릴 만한 그 말을 이토록 당당하게 외치다니! 노래는 첫 소절부터 "내가 제일 잘 나가"만 다섯 번이나 외쳤고, 뒤따라 나오는 가사도 어마어마했다.

넌 뒤를 따라오지만 난 앞만 보고 질주해

내가 봐도 내가 좀 끝내주잖아
네가 나라도 이 몸이 부럽잖아
아무나 잡고 물어봐 누가 제일 잘 나가?
내가 제일 잘 나가

실제로 저런 말을 하는 사람을 만난다면 친해지고 싶지 않을 것 같지만, 누가 작사했는지 사람의 욕망을 참 기가 막히게 포착했다는 감탄이 절로 나왔다. 다른 사람보다 보란 듯이 잘나가고 싶은 욕망, 누구나 조금씩은 있기 마련이다. 하지만 살다 보면 내가 잘나가는 경우보다는 다른 사람이 잘나가는 경우를 훨씬 많이 볼 수밖에 없고, 그 사람이 나와 관계가 있는 사람이라면 마음속에서 질투심과 시기심이 싹트기 쉽다.

몇 년 전 친하지 않은 지인이 하던 일이 정말 잘된 적이 있었다. 평소 그에 대해 별로 신경 쓰지 않고 산다고 생각했는데, 내 잠재의식 속에 그에 대한 경쟁의식이 있었나 보다. 그가 성공해서 승승장구하는 모습을 보니 배가 아팠다. 그가 잘돼서 주위 사람들의 찬사를 받는 모습을 보자 내 모습이 초라하고 우울해지기까지 했다. 의식적으로 그에 대해 생각을 안 하려고 노력했지만 그럴수록 그의 모습이 눈에 더 잘 띄었다. 질투심은 점차 원망으로 바뀌어 그가 잘된 모습에 이렇게 배 아파하는 내가 더 못나 보이고, 문득 이런 내 마음을 그에게 들키지 않을까 겁까지 났다.

이러면 안 되겠다 싶어 그에게 문자 메시지를 보냈다. 대범한 척 마음에도 없는 축하의 말을 건넸다. 곧바로 그에게서 답장이 왔다. 생각지도 않았던 이의 축하 메시지에 그도 놀란 듯 정말 기뻐하고 고마워하는 마음이 느껴졌다. 그가 너무나 기뻐하니 괜히 나도 기분이 좋아져서 칭찬의 메시지를 보냈다. 그가 그동안 성공을 위해 얼마나 노력해왔는지 잘 알고 있으며, 충분히 그런 성공을 누릴 만한 자격이 있다고 말했다. 그렇게 메시지를 주고받다 보니 처음에는 가식적으로 시작했던 그를 향한 축하가 점차 진심으로 우러났다. '그'의 성공이 마치 '우리'의 성공처럼 느껴지면서 그에 대한 질투심에서 비롯됐던 우울감이 눈 녹듯 사라져버렸다. 그렇게 그와의 대화가 끝난 뒤 그날 밤 난 편안한 마음으로 잠자리에 들 수 있었다. 억지로라도 건넨 축하와 칭찬이 질투심에 특효약이었던 것이다.

요즘은 그 특효약을 쓸 일이 별로 없다. 나이가 들수록 점점 질투심도 줄어드는 것을 느낀다. 어렸을 때는 내가 잘되기만을 바라고, 남이 잘되면 배가 아프기도 했지만 요즘은 나도, 남도 다 잘됐으면 좋겠다. 별로 친하지 않은 사람이어도 잘 안 되는 모습을 보면 마음이 안 좋다. 심지어 나와는 일면식도 없는 유명인조차 한참 잘나가다가 추락하는 모습을 보면 마음이 무겁다. 누구든 잘되는 모습을 볼 때 마음이 편하고 기분이 좋다.

《법구경(法句經)》에 이런 구절이 있다.

승리는 원한을 낳고
패자는 괴로워 누워 있다
마음의 고요를 얻은 사람은
승패를 버리고 즐겁게 산다

TV 다큐멘터리에서 성철 큰스님의 가르침을 받은 사람들이 매일 기도하는 모습을 본 적이 있는데, 기도 내용이 참 인상적이었다. '일체 모든 중생을 위해' 기도하는 것이었다. '저 부자 되게 해주세요'나 '우리 가족 건강하게 해주세요'가 아니라 모든 사람, 더 나아가 모든 살아 있는 것들이 잘되게 해달라고 매일 기도한다는 게 참 신기하면서도 감동적이었다. '남을 위해 기도하면 남을 내가 도우니 그 사람이 행복하게 되고, 결국 그런 착한 일을 한 나에게 복이 온다'는 것이 성철 스님의 말씀이라고 한다. 그때는 그게 잘 이해가 안 됐는데 요즘은 좀 이해가 되는 것 같다. 그래도 아직은 욕심을 완전히 버리지 못한 중생인지라, 나와 주변 사람들이 함께 다 잘됐으면 좋겠고, 다들 잘되면서 내가 조금만 더 잘됐으면 좋겠다.

때론 실패가 성공보다 낫다

처음 방송 기자가 되어 사건 사고 현장에 나가면 엄청난 부담감을 느끼게 된다. 혹시라도 현장에서 내 실수로 중요한 팩트 취재나 결정적인 장면의 촬영을 놓치기라도 한다면 이는 곧 우리 뉴스에서 그것이 누락돼버리는 끔찍한 결과를 가져오기 때문이다. 그중에서도 가장 두려운 건 주요 인물의 인터뷰를 놓치는 것이다. 내 실수로 타사 뉴스에는 다 나가는 인터뷰가 우리 뉴스에만 못 나가는 상황은 정말 상상하고 싶지도 않은 일이다. 그래서 취재 현장에 나가면 가장 먼저 주요 인물의 인터뷰부터 확보하는 것이 방송 기자의 역할이다.

그런데 기자 초년병 시절, 나는 사건 현장의 인터뷰를 놓고 해야 할지, 말아야 할지 심각한 고민에 빠진 적이 있었다. 사회부에서 야근을 하고 있던 어느 날이었다. 자정이 넘은 시각, 보도국으로 제보 전화 한 통이 걸려왔다. 산후우울증에 걸린 한 어머니가 자신의 두 아들을 모두 숨지게 한 뒤, 자신도 스스로 목숨을 끊으려 시도했다가 혼자 살아나 경찰서로 붙잡혀갔다는 것이었다. 빨리 가보라는 선배의 지시에 곧바로 경찰서로 향한 나는 일찍 걸려온 제보 전화 덕에 기자들 중 가장 먼저 현장에 도착했다.

형사과에 들어가니 구석에서 처참하게 혼이 나간 얼굴로 주저앉아 있는 젊은 여성의 모습이 보였다. 굳이 경찰의 설명을 듣지 않아도 그녀가 바로 내가 찾아온 여성임을 알 수 있었다. 여느 때처럼 제일 먼저 인터뷰를 시도해야 했다. 해야 할 질문은 뻔했다.

'왜 그러셨어요?'

'지금 심경이 어떠신가요?'

'평소 우울증 치료는 받아오셨나요?'

그런데 막상 그 여성에게 다가가 얼굴을 보니 도

저히 입을 뗄 수가 없었다. 그토록 참담한 일을 겪은 여인에게 어떻게 질문을 한단 말인가. 그녀가 무슨 짓을 했는지 상기시키며 카메라를 들이대고 인터뷰를 한다는 게 너무나 잔인하게 느껴졌다.

경찰은 그 정도로 심각한 우울증에 시달리는 사람은 대개 사건 당시 정상적인 정신 상태가 아니며, 시간이 흐를수록 점차 제정신으로 돌아오면서 자신이 벌인 일을 깨닫고 극도의 고통을 겪게 된다고 했다.

정신을 차린 뒤 사랑하는 두 아들을 죽인 사람이 바로 자신이라는 걸 알게 된 엄마의 심정을 굳이 물어야만 알 수 있을까. 고민 끝에 경찰에게 이 여성의 인터뷰를 하지 않을 테니 대신 다른 방송사들에도 인터뷰를 허락하지 않는 게 어떻겠냐고 물었다. 경찰도 나와 같은 생각이라며 내 제안에 호응했다. 그렇게 난 경찰에게 사건의 자초지종을 취재한 뒤 회사로 복귀했다.

그리고 새벽 6시, 모든 방송사의 아침 뉴스가 일제히 시작됐다. 뉴스 첫머리에는 밤 사이 사건 사고 소식이 전해졌다. 그런데 이게 웬일인가. 우리를 제외한 모든 방송사의 뉴스에서 그 어머니의 인터뷰가 생생하게 방송되고 있었다. 기자들의 추궁에 횡설수설 답하는 어머니의 목소리는 차마 듣고 있기 힘들 정도로 처참했다. 선배가 화가 나서 소리를 질렀다.

"야! 저거 뭐야! 네가 제일 먼저 도착했다면서 대체 뭘 하고 온 거야?"

인터뷰를 안 한 경위를 설명했다. 그 여성의 인터뷰를 담지 않아도 이 사건을 뉴스로 내보내는 데 전혀 지장이 없다. 그럼에도, 정신이 온전치 못한 상황에 있는 여성에게 인터뷰를 강요하고, 그 목소리를 여과 없이 그대로 내보내는 건 뉴스를 지나치게 자극적으로 만드는 거라고 생각해 경찰과 협의하에 인터뷰를 하지 않았다고 말했다. 내 말을 들은 선배는 화가 더 치솟았다. 나는 그날 현장 취재에 실패한, 기자로서 기본이 안 된 놈이 돼버렸다. 선배가 나를 향해 한마디를 던졌다.

"무능한 놈!"

경찰서에 전화를 걸어 담당 형사에게 경위를 물었다. 그는 나와 약속한 대로 하려고 했지만 이후에 찾아온 기자들의 등쌀에 못 이겨 결국 인터뷰를 허락하고 말았다며 미안하다고 했다.

그로부터 17년의 세월이 흘렀다. 기자 초년병 시

절 어리바리하기만 했던 난 어느덧 숱한 취재 현장을 거치며 중견 기자가 됐다. 하지만 지금 그때 그 현장으로 다시 가게 된다면 난 이번에도 기꺼이 인터뷰에 실패한 기자가 될 것이다.

사람보다 더 가치 있는 기사는 없다고 생각한다. 누군가의 고통을 제물로 삼아 이룬 성공을 진정한 성공이라고 할 수 있을까. 그래서 난 때로는 실패가 성공보다 더 값지다고 생각한다.

타인을 조건 없이 사랑할 수 있을까

갑작스럽게 가족 곁을 떠나신 아버지 빈소에서의 일이다. 자정이 넘은 시각, 모든 조문객이 떠난 적막한 장례식장 복도에서 누군가 계속해서 왔다 갔다 하는 발소리가 들렸다. 복도로 나가보니 회사의 P 선배였다. 함께 왔던 직장 동료들은 이미 몇 시간 전에 다 돌아갔는데, P 선배 혼자 늦은 밤까지 남아 아무도 없는 장례식장 이곳저곳을 둘러보고 있었다.

"선배, 아직 안 가셨어요?"

"응, 손님들은 다 가셨어?"

"그럼요. 늦었는데 안 가고 뭐 하고 계세요?"

"혹시 뭐 필요한 거 없나 해서……."

뭐라도 도울 게 없나 해서 밤늦은 시각에 집에도 가지 않고 혼자 조용히 장례식장 안팎을 둘러보고 있다는 것이었다. 내가 도와달라고 한 적도 없는데, 선배는 그렇게 빈소의 화환 위치도 보고, 안내 표지판도 확인하고, 장례 일정도 챙기며 도울 걸 찾고 있었다.

"뭐 필요한 거 없어?"

"상조 회사에서 다 해주더라고요."

"발인 때 운구할 사람은 있고?"

"친척이 많아서 걱정할 것 없어요."

"그래, 다행이네."

"피곤하실 텐데 얼른 가세요. 내일 아침 일찍 출근하셔야 하잖아요."

그래도 뭔가 마음에 남아 있는 듯 선뜻 문을 나서지 않던 선배는 몇 번을 뒤돌아보다 마지못해 무거운 발걸음을 뗐다.

다음 날 새벽 6시, 장례식장에서 발인을 마친 뒤 인근의 화장장으로 이동해 아버지 유골을 모실 납골함을 고르고 있는데, 사람들 틈에서 익숙한 얼굴이 눈에 들어왔다. P 선배였다.

"선배, 웬일이에요?"

"혹시 도울 일이 있을지도 몰라서 와봤어."

"아유, 이렇게 멀리까지 뭐 하러 오셨어요. 힘들어서 출근은 어떻게 하려고요."

"나 신경 쓰지 말고 할 일 해."

이른 새벽, 집에서부터 한 시간 넘게 차를 몰고 재차 장례식장에 갔던 선배는 발인 시간이 갑자기 30분 당겨지는 탓에 우리를 놓쳤고, 다시 차를 몰아 혼자 화장장까지 찾아온 거였다. '혹시 도울 일이 있을지도 몰라서 와봤다'는 선배의 말처럼, 화장장에서는 실제로 운구를 하기로 했던 친척이 갑자기 회사에 일이 생겨 자리를 뜨면서 운구할 사람이 한 명 부족하게 됐고, 결국 선배의 도움으로 무사히 일을 마쳤다. 선배가 없었다면 당혹스러울 상황이었다.

운구를 마친 선배는 서둘러 출근해야 한다며 밥도 안 먹고 자리를 떴다. 제대로 잠도 못 자고 출근하면 하루 종일 힘들고 피곤한 상태로 일해야 할 거라는 걸 뻔히 알면서도, 선배는 어떻게든 날 위로해주기 위해 멀리까지 찾아와 준 거였다. 특별한 말은 없었다. 하지만 굳이 말하지 않아도 진심으로 날 걱정해주고 생각해주는 선배의 마음이 그대로 전해져, 미안하면서도 고맙고 위로가 됐다.

P 선배는 평소 사람에 대한 따뜻한 마음과 뉴스를 대하는 진심 어린 자세로, 직종을 가리지 않고 많은 후배들로부터 존경을 받는다. 내가 입사한 지 16년이 지났으니, P 선배와 알고 지낸 것도 그만큼의 시간이 지난 건데, 그때나 지금이나 선배는 참 한결같다.

회사에서 내가 가장 믿고 존경하는 선배지만 서로 바쁘다 보니 얼굴 마주할 시간이 별로 없다. 연락을 자주 주고받는 것도 아니고, 둘이서 술을 마신 횟수도 손가락으로 꼽을 정도다. 하지만 어쩌다 한번 만나면 언제나 진심 어린 조언과 격려로 나에게 큰 힘을 준다. 몇 년 전 단둘이 함께한 술자리에서는 자정을 넘어 간 3차 술자리에서 취한 선배가 내게 한 가지 약속을 했다.

"경호야, 내가 결혼을 해보니, 결혼식 날 챙겨야 할 일들이 정말 많더라. 네 결혼식 때는 내가 운전기사가 돼서 새벽부터 결혼식 끝날 때까지 모든 걸 다 챙겨줄게."

정말 감동적인 얘기였다. 그런데 그다음 날 전화

통화를 했더니, 선배는 황당하게도 3차에서 무슨 대화를 나눴는지 아무것도 기억하지 못했다. 나랑 약속을 하나 하지 않았냐고 물었더니 깜짝 놀라며 무슨 약속이냐고 되물었다. 선배의 추궁에도 나는 끝까지 약속의 내용을 얘기하지 않았다. 기억이 없어도 선배는 그렇게 할 사람이라는 걸 알기 때문이었다. 내가 결혼을 하지 않아 선배가 그 약속을 지킬 기회가 없었는데, 결국 아버지의 장례식에서 선배는 그 약속을 지킨 셈이었다.

몇 년 전 겨울에는 이런 일도 있었다. 오랜만에 만나 식사를 하는데 선배가 입은 패딩 코트가 좋아 보였다.

"선배, 그 패딩 코트 멋진데요?"

"넌 패딩 코트 없어?"

"저는 10년 전에 산 이 코트 하나만 입어요."

"겨울에 밖에서 취재하려면 추워서 패딩 코트 하나는 있어야 되는데……."

며칠 뒤, 선배가 회사에서 잠깐 보자고 전화를 했다. 복도에 나가보니 선배는 자신이 입고 있던 그 패딩 코트를 세탁소에 가져가 드라이클리닝을 한 뒤 회사로 가져와서 나에게 건네줬다. 내가 깜짝 놀라 받을 수 없다고 손사래를 치자 선배는 패딩 코트를 던지듯 준 뒤 사라져버렸다. 결국 난 매년 겨울마다 그 패딩 코트를 입고 취재 현장을 누볐다.

나도 주변에 아끼는 사람들이 있고, 그들에게는 뭐든 챙겨주고 싶은 마음을 갖고 있다. 하지만 P 선배가 내게 해준 것과 비교하면 모자라도 한참 모자라다. 누군가를 챙겨줄 때면 내 나름으로는 한다고 하는데, 마음속에서는 나도 모르게 '이 정도면 되겠지' 하는 마음이 있었던 것 같다. 무언가를 해줄 때 상대를 기준으로 생각하는 게 아니라 나를 기준으로 생각하는 것이다. 그러다 보니 한두 가지 해주고선 내 딴에는 할 건 다했다고 생각하기도 하고, 만약 상대가 내 맘을 알아주지 않으면 서운한 마음이 들기도 한다.

그러나 P 선배는 다르다. 누군가에게 마음을 쓸 때 '여기까지'라는 게 없다. 이것저것 재지 않고 무엇이든 진심으로 해주려 한다. 상대에게 필요한 걸 묻지도 않는다. 뭐가 필요할지 스스로 고민하고, 꼭 필요한 걸 알아서 찾아내서 해준다. 만약 그래도 필요한 게 보이지 않으면 생길 때까지 기다려준다.

나는 그런 선배에게서 사랑을 배운다. 조건이 없고, 한계가 없고, 대가가 없는 사랑. 사람들에게 평생 그런 사랑을 줄 수 있다면 참 행복한 삶일 것 같다.

그날 밤 그는 정말 귀신이었을까

MBC 본사가 여의도에 있던 시절, MBC 보도국에는 숙직실에서 귀신을 봤다는 얘기가 심심찮게 전해져 내려오고 있었다. 기자들은 보통 한 달에 두어 번 정도 야근을 하며 밤사이 벌어지는 사건 사고나 외국에서 벌어지는 뉴스를 챙기는데, 밤을 꼴딱 새우는 게 여간 힘든 일이 아니어서 야근자끼리 돌아가며 숙직실에서 두세 시간씩 눈을 붙이곤 했다. 그런데 그렇게 잠시 잠을 청하는 숙직실에서 몇몇 사람이 귀신을 봤다는 얘기였다.

입사 이후 선배들로부터 이런 얘기를 들을 때마

다 우스갯소리나 장난 정도로만 생각했다. 엄격한 보도국 분위기에 잔뜩 긴장해 있는 신입 기자들을 놀리려고 선배들이 지어낸 이야기일 거라고 생각한 것이다. 그런데 그 숙직실에서 나는 아주 특별한 귀신을 만나고 말았다. 그것도 한 번이 아니고 여러 번을 말이다. 팩트를 근거로 이야기해야 하는 기자가 귀신 이야기를 하자니 좀 조심스러운 면이 있다. 당연히 이 이야기는 과학적으로 1%도 검증되지 않은, 철저히 나의 개인적이고 주관적인 체험이라는 점을 미리 밝혀둔다.

주로 사건 사고를 취재하는 사회부 기자를 시작하고 얼마 안 됐을 때였다. 함께 야근하는 선배의 배려로 잠시 숙직실에 눈을 붙이러 들어갔다. 당시 숙직실은 사무실과 멀리 떨어진 곳에 있었는데, 낡은 건물의 구석에 있는 좁은 계단을 따라 내려가서 사람들이 잘 오지 않아 적막감이 감도는 어두컴컴한 복도를 끝까지 가야만 도착할 수 있었다. 숙직실 안의 삐걱대는 침대와 가구는 몇 십 년 동안 갈지 않은 듯, 옛날 영화에서나 볼 수 있는 오래된 것들이 관리되지 않은 채 그대로 남아 있어서 더욱 썰렁한 기운이 감돌았다.

구석에 비어 있는 침대를 찾아가 눕고 이불을 덮자 곧 잠이 들었다. 그런데 얼마 뒤 내 발 밑에서 이상한 기운과 함께 누군가의 인기척이 느껴졌다. 놀라서 잠에서 깼더니 그 누군가가 내 몸을 누르고는 발끝에서부터 머리끝까지 내 몸속으로 쑥 들어왔다. 내 몸에 다른 영혼이 들어온 느낌이었다. 그러자 몸이 그대로 굳어버리면서 전혀 움직일 수가 없게 됐고, 입에서는 아무런 소리도 나오지 않았다. 가위에 눌린 거였다. 과학적으로 가위눌림은 운동신경이 저하된 상태에서 뇌의 활동은 활성화되는 렘수면 상태로 설명되는데, 어쨌든 그 순간 내 느낌은 분명 몸 안에 정체를 알 수 없는 누군가가 들어온 것이었다.

옴짝달싹 할 수 없이 마네킹처럼 굳어버린 몸, 그 안에 들어온 누군가의 영혼. 당혹스러운 상황인데, 그 느낌이 좀 희한했다. 나를 가위눌리게 한 그 누군가가 나를 해치려는 느낌이 아니라 어쩐지 나를 보호해주려는 듯한 느낌이었다. 귀신이라면 으레 떠오르는 두려움과 공포의 느낌이 아니라 뭔가 포근한 느낌이었다. 그렇게 잠깐의 시간이 흐른 뒤 그 누군가는 스르르 내 몸에서 빠져나가더니 그대로 사라져버렸다.

그날 밤의 그 색달랐던 경험은 다시 일상으로 돌아와 바쁘게 살아가면서 금세 잊혔다. 피곤하면 가끔 나타나는 일상적인 가위눌림 정도로만 생각됐다. 그리고 2주 뒤 다시 야근 날이 찾아왔다. 이전 야근 때의 경험을 까맣게 잊은 난 새벽 시간 피곤한 몸을 이끌고 다시 숙직실로 향했다. 침대에 누워 곧 잠이 들었는데, 이번에는 옆쪽에서 이상한 기운과 함께 누군가의 인기척이 느껴졌다. 눈을 떠 보니 어렴풋이 사람의 형체가 보였다. 얼굴은 알 수 없는 사람 모양을 한 검은 형체가 가까운 곳에서 나를 가만히 지켜보고 있었다. 이내 내가 깨어난 걸 눈치챈 그 형체는 서서히 나에게 다가오더니 조심스럽게 나를 어루만졌다. 나에게 '고생이 많다'며 쓰다듬어주는 느낌이었다. 그렇게 정체 모를 귀신의 위로 속에 나는 다시 잠이 들었다.

그날 이후 야근을 하며 숙직실을 갈 때면 묘하게 설레는 마음이 들었다. 그 귀신이 오늘도 올까? 이번에는 또 어떤 모습일까? 그렇게 잠이 들고 나면 두 번에 한 번 꼴로 그 귀신이 나타났다. 정확한 얼굴이 아닌 형체와 기운으로만 등장했지만 분명 똑같은 귀신이었다. 그때마다 조용히 나타나서 나를 가만히 지켜보거나 쓰다듬어주고는 다시 조용히 사라졌다. 그럴 때면 언제나 몸이 굳고 입이 움직여지지 않아 대화는 못 해봤지만 서로 뭔가 통하는 느낌이었다. 숙직실에서 자면서도 그를 만나지 못한 날에는 좀 서운하고 아쉬운 느낌이 들기도 했다. 나와 귀신의 그 특별한 만남은 회사가 상암동으로 이사 가기 전까지 여러 해 동안 이어졌다.

상암동의 본사는 새 건물인 만큼 여의도 사옥과는 비교할 수 없이 깨끗했다. 숙직실도 전처럼 멀리 떨어진 곳이 아닌 보도국 사무실 안에 마련됐고 침대와 가구도 모두 새 거라 기분이 좋았다. 무엇보다 달라진 점은 더 이상 숙직실에서 귀신이 나타나지 않는다는 점이었다. 그렇게 오랜 시간 직원들 사이에서 전래동화처럼 떠돌던 숙직실 귀신 이야기는 사람들의 기억 속에서 잊혀갔고, 나도 그를 떠올리지 않게 됐다. 다만 귀신에 대한 나의 이미지는 끔찍하고 두려운, 혹시 만나게 된다면 기겁을 하고 달아날 무서운 것이 아니라, 보통의 사람들처럼 인간미 있고 정감 있는, 마주치면 한번 말을 걸어보고 싶은 그런 것으로 심어졌다.

그러다 몇 년 전 국내 공포영화 한 편을 보게 됐

다. 여러 젊은 감독들이 만든 몇 개의 스토리가 하나의 작품으로 합쳐진 옴니버스 영화로, 한동안 여름철이면 시리즈로 개봉되던 영화였다. 각 편마다 다양한 공포 스토리가 담겼고, 거기에는 어김없이 가지각색의 귀신이 등장했다. 가슴을 조마조마하게 만드는 스토리에 손에 땀을 쥐고 영화를 봤다. 그런데 그중 유독 무서운 이야기가 하나 있었다. 고속도로에서 벌어지는 보복운전을 소재로 한 거였는데, 상대 운전자를 숨 막히게 쫓아가며 잔인하게 괴롭히는 장면들이 그렇게 무서울 수가 없었다. 장면 하나하나가 공포 그 자체였다. 귀신은 전혀 등장하지 않고 사람들만 나오는데 그 어떤 공포영화보다 무서웠다. 영화를 보고 나오니 등에 땀이 흥건했다. 함께 영화를 본 친구들이 입을 모아 말했다.

"귀신보다 사람이 훨씬 무섭구나."

주말 저녁 뉴스를 진행하다 보니 국내는 물론 전 세계에서 한 주간에 벌어지는 각종 사건 사고를 접하게 된다. 대부분 나쁜 짓을 저지르는 사람들의 이야기이다. 그 내용을 보면 하나같이 사회의 약자와 소수자들을 따돌리고, 괴롭히고, 못살게 구는 것들이다. 모두 인간들이 저지르는 잔인하고 비인간적인 일이다. 귀신이 정말 존재한다면, 자신들을 향해 무섭다, 두렵다, 끔찍하다는 인간들의 말이 참으로 억울할 일이다. 우리가 귀신을 잘 못 만나는 건 어쩌면 우리가 귀신을 피해서가 아니라, 귀신이 우리를 피해서일지도 모른다.

MBC가 상암동으로 이사한 뒤 한동안 빈 건물로 남아 있던 여의도 사옥은 얼마 전 재건축을 위해 모두 허물어졌다. 자연스럽게 그 숙직실도 이제는 추억 속으로 완전히 사라져버렸다. 요즘도 회사 숙직실 앞을 지나칠 때면 지금은 더 이상 나타나지 않는 그때의 그 귀신이 떠오르곤 한다. 그때 내가 만난 그는 정말 귀신이었을까? 어쩌면 갓 직장 생활을 시작했던 기자 초년병 시절, 모든 게 힘들고 버거웠던 그때, 누군가 수호신이 되어 나를 지켜주길 바랐던 내 마음속 무의식이 환각 속에서 귀신의 형태로 내 앞에 나타난 것인지도 모르겠다. 나에게 그 귀신은 공포나 두려움보다는 아름다운 추억이기에, 내 추억 속에서만큼은 따뜻한 귀신 친구로 남겨두려고 한다.

4장

세상이 원하는 정답은, 없다

힘 있는 사람보다 공감할 줄 아는 사람

예전에는 동네를 지나다 보면 놀이터에서 소꿉놀이를 하는 아이들의 모습을 자주 볼 수 있었다. 대부분 여자아이들이고, 남자아이들은 없거나 가끔 한두 명 마지못해 껴서 하는 식인데, 그 모습을 보고 있으면 참 신기한 게 대본도 없고 계획도 없고 그저 서로의 역할만 있는데도 이야기가 끝없이 이어졌다. 각자 엄마, 아빠, 딸, 아들 역할을 맡은 아이들은 진짜 그 사람이 되기라도 한 듯 사뭇 진지하게 대화를 이어갔다.

그러다 보면 아이들의 말이라고는 상상도 못 한

말들이 툭툭 튀어나오기도 한다. 놀이를 주도하는 여자아이가 주로 엄마 역할을 맡는데, 아빠 역할을 맡은 아이한테 "술 좀 작작 마셔"라며 잔소리를 하기도 하고, 역할에 몰입하다 보면 "아이고, 못 살아"라고 소리를 지르며 우는 소리를 내기도 한다. 그 모습을 보면 '아이가 생각하는 엄마의 삶이 참 고되구나' 하는 생각이 들면서 소꿉놀이를 하는 그 순간만큼은 아이도 엄마의 마음을 잘 이해할 거라는 생각을 하곤 했다.

소꿉놀이보다 더 신기한 놀이가 인형놀이다. 소꿉놀이는 함께 노는 친구들이라도 있지만, 인형놀이는 달랑 인형 하나밖에 없는데도 아이는 혼자 주절주절 대화를 참 잘도 나눈다. 그 아이에게 인형은 세상에 둘도 없는 친구다. 정성을 들여가며 인형의 마음을 읽고, 치장을 해주며 보살펴준다. 가끔은 스스로 인형의 목소리를 내기도 하면서 1인 2역까지 하며 인형의 대변자가 돼준다. 그 모습을 보고 있으면 정말 어른은 들을 수 없는 인형의 목소리를 아이는 들을 수 있는 것만 같다.

소꿉놀이와 인형놀이는 형식은 다르지만 중요한 공통점을 갖고 있다. '역할 바꾸기'를 통한 '소통'이 놀이의 중심이 된다는 것이다. 소꿉놀이를 하다 보면 아이는 어제는 엄마였다가 오늘은 아빠가 되기도 하고, 어린 아기가 돼서 어리광을 부리다가, 할머니가 되어 앓는 소리를 내기도 한다. 놀이에서 낙오되지 않고 친구들과 잘 어울리려면 철저히 그 역할에 몰입해야 한다. 그 순간만큼은 온전히 그 사람이 되어 그 사람의 마음을 읽어야 하는 것이다.

인형놀이 역시 마찬가지다. 혼자 자기 얘기만 해서는 아무 말 없는 인형과 놀이를 할 수 없다. 인형과 대화를 해야 하는데, 그러려면 그 순간 인형의 심리 상태를 알아채야 하고, 직접 그 입장이 돼야만 한다. 내가 인형의 대변자가 되어 마음의 소리를 대신 내줄 수 있고, 들어줄 수 있어야 놀이가 가능하다. 우리가 평소 그렇게 강조하면서도 이루지 못하는 역지사지(易地思之)의 정신을 이 아이들은 놀이 속에서 당연하듯 실천하고 있는 것이다.

여자아이들이 주로 해온 이 놀이를 남자아이들이 일반적으로 좋아하는 놀이들과 비교해보면 그 특성은 더 명확해진다. 남자아이들이 흔히 했던 총싸움이나 칼싸움, 말싸움, 딱지치기 같은 놀이는 경쟁이 중심이다. 반드시 승자와 패자를 갈라야 놀이가 끝나며, 거기서 패자가 되지 않으려면 상대를 눌러 이겨야 한다. 여기서 살아남기 위해서는 소통과 공감 능력보다는 강한 승부욕과 상대를 제압할 수 있는 힘이 필요하다. 오늘날 여성이 남성보다 상대적으로 더 뛰어난 소통과 공감 능력을 보여주는 건 타고난 재능과 본능이 달라서일 수도 있지만, 어쩌면 어렸을 때부터 서로 다른 놀이를 통해 연습되고 훈련되었기에 가능한 것이 아닐까 하는 생각도 든다.

하지만 오랜 세월 동안 우리 사회에서는 이런 여성들이 강한 특성보다는 남성들이 강한 특성이 더 선호되고 권장돼왔다. 힘의 논리가 세상을 지배하고, 거기서 생존하는 것이 인생의 목표가 되는 세상에서 사람들은 잡아먹히지 않기 위해 더 강해지고자 노력해야만 했다. 그 속에서 살아남는 소수의 여성은 여성성을 억누르거나 감춘 채 남자보다 오히려 더 남자다운 모습으로 경쟁했다.

이런 문화 속에서 당연히 '남자답다'는 말은 '여자답다'는 말보다 더 바람직하고 좋은 표현으로 여겨졌다. 남자다운 건 통이 크고 아량 넓은 긍정적인 것으로, 여자다운 건 속이 좁고 쩨쩨한 부정적인 것으로 표현됐다. 그러다 보니 직장에서도 여자에게 '남자 같다'는 말은 '성격 좋고 추진력 좋다'는 칭찬으로 쓰인 반면, 남자에게 '여자 같다'는 말은 '소심하고 내성적이어서 큰일을 맡길 수 없다'는 뜻으로 비하하고 폄하하는 말로 쓰여왔다.

그로 인한 폐해는 컸다. 남성성이 지배하는 승부의 세계에서 사람들은 나 하나도 지키기 힘든데 남의 입장을 살필 여유가 없었다. 경쟁 과정에서 남에게 상처를 주고도 그 사실조차 모르거나, 아예 관심조차 주지 않는 경우도 많았다. 나의 작은 아픔은 엄청나게 크게 느끼면서도, 남의 큰 아픔은 대수롭지 않게 생각했다. 승부에는 언제나 패배자가 존재했으며 그 몫은 여성들만의 것이 아니었다. 미국의 사회운동가 토니 포터(Tony Porter)는 그의 저서 《맨박스(Man Box)》에서 남자들이 '남자다움'에 갇혀 있다고 말한다. '남자는 강해야 한다'거나 '남자는 남자다워야 한다'는 그릇된 고정관념이 남성 자신의 행복을 해치고 여성에 대한 폭력을 조장한다는 것이다. 실제로 여전히 많은 남성들이 '왜 남자답지 못하게 약해 빠졌냐'는 폭력과 억압 속에 갇혀 있다.

세상은 변하고 있다. 지금 세상에서 살아남는 자는 '힘 있는 사람'이 아니라, '소통할 줄 알고, 공감할 줄 아는 사람'이다. 세상은 점점 '내 말을 잘하는 사람'보다 '남의 말을 들을 줄 아는 사람'을 필요로 한다. '남에게 상처를 주는 사람'보다 '남의 아픔을 공감할 줄 아는 사람'을 원하며, '혼자 잘 살려는 사람'보다 '함께 잘 살고자 하는 사람'을 선호한다. 그동안 여성들이 갈고 닦아서 키워온 '소통'과 '공감'이라는 무기는 이제 남성을 속박에서 해방시키기 위해 필요하다. 남성들이 아직 그 무기를 손에 쥐지 못했다면 지금이라도 서로의 역할을 바꿔보는 소꿉놀이를 해야 한다.

떡볶이를 먹는 게 어때서

내가 다닌 중학교 앞에는 떡볶이 포장마차가 여러 개 줄지어 서 있었다. 우리 학교는 원래 여학교였다가 내가 신입생으로 들어갈 때부터 남녀공학으로 바뀌면서 처음으로 남학생이 입학하기 시작했는데, 오랜 세월 여학생들만 오간 곳이다 보니 학교 앞에는 여학생들의 취향을 저격하는 가게들이 많았다. 그중 대표적인 곳이 바로 떡볶이 포장마차였다.

내가 그 떡볶이 포장마차를 처음 가본 건 우리 중학교를 졸업한 사촌누나를 따라서였다. 누나는 자기가 제일 좋아하는 걸 사주겠다며 그 포장마차 중 한 곳에 나를 데리고 갔다. 그곳의 떡볶이는 요즘으로 치면 국물이 많은 '국물떡볶이'였다. 누나는 내게 떡볶이 제대로 먹는 법을 가르쳐주겠다며, 그곳 떡볶이의 핵심은 떡이 아닌 달걀에 있다고 했다. 달걀의 흰자와 노른자를 분리한 뒤, 숟가락 뒷면으로 노른자를 으깨서 국물과 함께 비벼 먹어야 그 맛을 제대로 즐길 수 있다는 것이었다.

누나의 가르침대로 떡을 먼저 다 먹은 뒤 남은 떡볶이 국물에 으깨서 먹은 달걀노른자는 그때까지 경험해 보지 못한 천상의 맛이었다. 떡볶이를 먹는 모든 과정이 마지막 그 으깬 노른자를 향해 달려가는 긴 여정이라고나 할까. 나는 그 말로 형용하기 어려운 아름다운 맛을 본 뒤 떡볶이의 매력에 푹 빠졌다.

그날 이후 학교 수업이 끝나고 그 포장마차들 앞을 지날 때면 그때 먹은 떡볶이 맛이 떠올라 입안에 침이 가득 고였지만 포장마차에 쉽게 발을 들이지는 못했다. 언제나 포장마차 안팎에는 여학생들만 바글바글 모여 있었기 때문이다. 떡볶이 생각이 나 포장마차 앞에까지 갔다가도 그 많은 여학생들 틈에 혼자 껴서 떡볶이를 먹기가 영 낯부끄러워서 매번 발길을 돌렸다.

그러던 어느 날 어디서 용기가 났는지 혼자 포장마차에 들어갔다. 조용히 구석에 앉아 기다리니 초록색 접시에 담긴 먹음직스러운 떡볶이가 나왔다. 짙은 붉은색 국물에 적당히 물든 떡과 어묵, 그리고 그 사이에 다소곳이 자리 잡고 있는 달걀까지. 내가 그토록 먹고 싶던 바로 그 떡볶이였다. 정신없이 떡과 어묵을 먹고 나니 드디어 가장 맛있는 달걀 타임이 찾아왔다. 먼저 흰자와 노른자를 분리한 뒤 정성스럽게 노른자를 으깨기 시작하는데, 밖에서 빈자리가 나길 기다리고 있던 한 여학생이 친구에게 큰 소리로 얘기하는 목소리가 들려왔다.

"남학생이 무슨 떡볶이야?"

꼴사납다는 듯 얘기하는 그 말을 듣는 순간 난 얼굴이 떡볶이보다 더 시뻘겋게 달아올랐다. 두 볼이 화끈거리고 이마에서는 땀이 마구 샘솟았다. 남자로서 하지 말아야 할 잘못된 행동을 했다는 부끄러움과 포장마차에 있는 모든 여학생들이 나를 그런 눈으로 보고 있을지도 모른다는 창피함에 당장 어디론가 숨고 싶었다. 당황한 나는 그 좋아하는 노른자를 떡볶이 국물 속에 그대로 담가둔 채 허겁지겁 계산을 하고 밖으로 나와 도망갔다.

그날 이후 내게 떡볶이는 속으로는 좋아하지만 쉽게 그 마음을 내비칠 수 없는 존재가 되었다. 남들이 좋아하는 음식을 물을 때 떡볶이를 말하는 건 왠지 남자답지 못한 것 같아 입 밖으로 꺼내지 않았다. 친구나 동료들과 함께 음식을 주문할 때면 조용히 있다가 누군가 떡볶이를 주문하면 신나게 먹었다.

그러다 몇 년 전 회사에서 유능한 한 남자 선배와 음식 얘기를 나눌 일이 있었다. 그 선배에게 어떤 음식을 제일 좋아하냐고 물으니 선배가 당당히 얘기했다.

"당연히 떡볶이지!"

반가운 마음에 나도 떡볶이를 정말 좋아한다고 하니, 선배도 무척 기뻐했다. 선배는 떡볶이를 워낙 좋아해서 종종 점심시간에 밥 대신 떡볶이를 먹으러 가곤 하는데, 남자 후배들 중에 같이 갈 사람이 없어서 항상 여자 후배들과 다녀야 했다며, 앞으로는 함께 떡볶이를 먹으러 가자고 했다. 그렇게 그 선배와 나는 점심시간에 함께 택시를 타고 멀리 있는 떡볶이집을 찾아가기도 하고, 서로 자신이 발견한 떡볶이 맛집에 대한 정보를 공유하기도 하며 당당하게 떡볶이를 즐겼다. 그 선배를 만나 내 식탁에서 떡볶이가 해방을 맞은 것이다.

사람들과 식성에 대한 얘기를 나누다 보면 종종 음식에 깃들어 있는 성에 대한 고정관념과 마주하게 될 때가 있다.

"남자끼리 어떻게 파스타를 먹어?"

"여자가 무슨 족발을 좋아하냐?"

얼마 전까지만 해도 남자가 보신탕이나 산낙지를 먹지 못하면 남자답지 못하고, 여자가 밥을 많이 먹으면 여성스럽지 못하다는 식으로 얘기하는 분위기도 있었다. 이렇게 일상 속에 깃들어 있는 '남자는 이래야 하고, 여자는 저래야 한다'는 편견은 알게 모르게 우리 사회의 성 역할에 대한 고정관념을 심화시킨다. 우리 사회에 깊게 뿌리 내리고 있는 각종 차별과 편견을 걷어내기 위해서는 이렇게 우리의 일상 속에 숨어있는 성별 고정관념부터 깨야 하지 않을까.

개인의 취향을 존중해준다는 것

딸만 셋인 집의 막내인 후배 기자 R이 임신부였던 어느 날 나에게 물었다. 아기가 아들인 거 같은데, 아들을 낳으면 아이에게 어떤 걸 해주면 좋겠냐고. 난 듣자마자 딱 하나만 얘기했다.

"무조건 축구 교실에 보내야 돼!"

축구를 못하는 나는 만약 축구를 잘했다면 내 인생이 훨씬 편했을 거라고 생각한다. 군대에 입대해서 훈련소에 있던 어느 날, 군악대에서 신병을 추가로 뽑는다며 훈련병들을 찾아왔다. 음악을 좋아하고 악기에 관심이 많았던 나는 군악대라는 말을 듣자 가슴이 콩닥콩닥 뛰었다. 잔뜩 기대에 부푼 마음으로 손 들 준비를 하고 있는데, 군악대 장교의 입에서 뜻밖의 말이 나왔다.

"여기 축구 잘하는 놈 있으면 손 들어봐."

몇 달 뒤에 있을 부대별 축구 대회를 앞두고, 축구를 기가 막히게 잘하는 신병을 찾고 있다는 거였다. 축구 잘하는 몇몇이 손을 들었고, 결국 그중 가장 멋진 축구 실력을 보여준 훈련병이 군악대로 선발됐다. 학창 시절 어떤 음악 실기도 만점을 놓친 적이 없었고, 합창 대회 때마다 지휘를 도맡았던 나는 '축구를 못한다는 이유로' 군악대에 지원조차 해보지 못하고 탈락했다.

훈련소를 마친 뒤에는 더 큰 고난이 찾아왔다. 훈련소 마지막 날 전경으로 차출돼 경북의 한 경찰서로 배치받았는데, 그곳에서는 주말만 되면 전경과 의경의 자존심을 건 축구 시합이 열렸다. 워낙 시골에 있는 경찰서라 전경이나 의경이나 인원이 10여 명밖에 되지 않다 보니 근무자와 휴가자 등을 제외하고 나면 전원이 다 뛰어야 겨우 팀을 꾸릴 수 있었다.

그런데 신병이라고 들어온 놈이 팀의 전력을 상승시키기는커녕 커다란 구멍 역할만 하고 있으니 고참들의 불만이 이만저만이 아니었다. 경기만 했다 하면 저마다 내 뒤통수에다 대고 "뛰어!"를 외쳐댔다. 난 저질 실력에 열심히 하는 모습이라도 보여줘야 했기에 끊임없이 달렸다. 공이 이쪽으로 가면 이쪽으로 뛰고, 저쪽으로 가면 또 저쪽으로 뛰고, 경기 내내 공에는 발 한 번 못 대고 달리기만 하고 있으니, 다들 축구를 하는데 나만 혼자 마라톤을 하고 있는 격이었다. 언제나 경기가 끝나고 나면 바닥에 주저앉아 헛구역질을 해대는 게 나의 일상이었다.

그나마 경기가 이기면 다행. 지기라도 하면 경기 뒤에는 더 끔찍한 시간이 기다리고 있었다. 얼차려였다. 자존심이 상할 대로 상한 선임들은 후임들을 상대로 분풀이를 했고, 여지없이 화살은 나에게로 날아왔다. 신병이 빠져서 뛰지를 않는다는 거였다. 오바이트가 올라올 정도로 경기 내내 끊임없이 달리기만 한 나에게 뛰지를 않는다니!

그런데 선임들이 그렇게 말하는 이유가 있었다. 나는 뛴다고 열심히 뛰어도 모두의 시선이 쏠려 있는 공 주변에 있는 게 아니라, 항상 한 발이 늦어 공이 떠난 자리에만 있으니 다른 사람들의 눈에는 내가 뛰는 모습이 보이지를 않았다. 그 고통스럽던 시간은 결국 내가 내무반장이 되어 축구를 하고 싶은 사람만 하도록 바꿀 때까지 1년 넘게 계속됐다.

그리고 제대와 함께 축구 못하는 남자의 비애는 끝날 줄 알았다. 그런데 그게 끝이 아니었다. 회사에 들어와 신입 사원으로 어리바리한 나날을 보내던 어느 날, 부서에서 1박 2일로 워크숍을 간다는 얘기를 들었다. 워크숍 프로그램을 본 나는 아연실색할 수밖에 없었다. 주요 프로그램으로 축구와 족구가 포함돼 있는 게 아닌가! 나처럼 운동신경이 둔한 사람은 알 텐데, 축구를 못하는 사람은 족구는 더 못한다. 축구는 그나마 여러 명이 함께 뛰니 사람들 속에 슬쩍 묻어갈 수라도 있지만, 족구는 공이 한 사람씩 콕콕 찍어 날아오니, 각자의 실력이 더 적나라하게 드러난다.

워크숍 날짜가 다가올수록 나의 공포는 점점 더 커져만 갔다. 나의 처참한 축구 실력을 이대로 모든 선배들 앞에서 보여주고 말 것인가. 군대 신병 시절의 트라우마가 되살아나며 마음속 밑바닥에서부터 수치심이 올라왔다. 더구나 당시 내가 몸담고 있던 그 부서는 '스포츠취재부'였다!

병이 났다고 하고 워크숍을 가지 말까? 그 전날 다리를 다쳤다고 하고 붕대를 감고 나타날까? 이 생각 저 생각 하며 머리를 굴렸지만 거짓말도 못 하는 소심한 나는 어떤 대책도 세우지 못한 채 날짜를 흘려보냈고, 결국 '될 대로 돼라'는 심정으로 워크숍에 갔다. 그리고 그날 워크숍이 진행된 축구장과 족구장에서는 모든 이들의 커다란 웃음 속에 공과 떨어져 혼자 허우적대는 못난 남자의 슬픈 쇼가 펼쳐졌다.

나도 우리나라 축구 국가대표팀의 경기가 열리면 한 명의 붉은 악마가 되어 열광적인 응원을 펼친다. 손흥민 선수나 이강인 선수의 골 장면을 다시 보기로 여러 번 돌려 보기도 하고, 프리미어 리그에서 나오는 멋진 플레이에 열광하기도 한다. 한마디로 결코 축구를 싫어하는 사람이 아니다. 하지만 보는 걸 좋아하는 것과 하는 걸 즐기는 건 다른 문제다. 김연아 선수의 경기 모습에 감동을 받는다고 해서 누구나 피겨를 하는 건 아니지 않은가.

우리나라의 조직 문화에는 여전히 조직력을 키운다는 이유로 무조건 다 함께 같은 걸 해야 하는 집단 문화가 있다. 다 함께 회식을 해야 하고, 다 함께 술잔을 기울이며 파도타기를 해야 하고, 다 함께 MT를 가야 하고, 거기서 다 함께 단체 운동을 해야 한다. 나는 그 안에도 일종의 폭력이 들어 있다고 생각한다. 소수의 사람은 취향이 달라도 다수의 취향에 맞춰야만 하는 획일화된 문화다. 요즘은 잘나가는 기업일수록 직원 개인의 취향을 존중하고, 개성을 살려주려 노력하는 모습을 보인다. 그런 변화를 선도하는 조직이야말로 미래 사회에 더 적합한 조직이 아닐까.

후배 기자 R이 아들한테 무엇을 해줘야 하겠냐고 나에게 다시 묻는다면, 무조건 축구 교실에 보내라고 말하지 않고, 그 아이가 하고 싶은 걸 마음껏 하게 해주라고 자신 있게 말할 수 있었으면 좋겠다.

내가 부르는 호칭에 차별이 담겨 있다면

40대 싱글 여성인 한 직장 동료가 이사를 하면서 겪었던 불쾌한 경험을 이야기한 적이 있다. 이삿짐센터에서 온 사람이 일을 하는 내내 '사모님'이라고 부르더라는 거다. 그럴 때마다 "저는 사모님이 아니에요"라고 말하고 싶었지만, 불편한 분위기를 만들고 싶지 않아 그냥 넘어갔다면서 지금까지도 그날의 경험이 매우 불쾌한 기억으로 남아 있다고 말했다. 이삿짐센터 직원은 상대를 높여준다는 의도로, 40대 여성이라면 당연히 결혼을 했을 것이며, 중년 여성은 다 누군가의 부인일 거라고 생각하며 그 호칭을 썼을 것이다. 하지만 열심히 자기 일을 하며 스스로 길을 개척해온 멋진 싱글 여성인 이 동료는 상대의 부적절한 호칭 하나에 마음이 상했다.

일로 만난 여성에게 '사모님'이라고 부르는 건 상대가 싱글이 아닌 기혼 여성이라 하더라도 매우 부적절한 것이다. 사모님이라는 표현은 '누군가의 부인'을 가리키는 말로 종속적인 의미를 담고 있다. 어떤 남성의 부인을 가리킬 때 사모님이라고 부르는 건 문제가 없지만, 여성이 누군가의 부인으로서 역할을 하는 것이 아니라 자기 일을 하고 있는 상황에서 사모님이라고 부르는 건 여성을 독립적인 주체로 보는 것이 아니라, 남편에게 딸려 있는 사람으로 보는 것이다.

이 상황을 여성이 아닌 남성이었을 경우로 바꿔서 생각해보면 그 안에 담겨 있는 차별과 편견이 더 분명하게 드러난다. 그 이삿짐센터 직원이 40대 남성 고객을 만났다면 아마도 '사장님' 혹은 '선생님'이라고 불렀을 것이다. '사장님'이나 '선생님'이라는 호칭은 상대를 하나의 주체적인 인물로 보는 것으로, 성별, 나이, 결혼의 유무 등과 상관없이 누구에게나 쓸 수 있는 중립적인 표현이다. 남편이 있는 여성에게만 쓸 수 있는 '사모님'과는 그 쓰임이 분명히 다르다. 물론 고객에게 '사장님'이나 '선생님'이라고 부르는 것 역시 적절한 표현은 아니지만, 최소한 이 안에는 그런 차별적인 의미는 담겨 있지 않다.

또 다른 40대 전문직 싱글 여성은 더 황당한 일을 겪었다. 은행에 볼일이 있어서 갔는데, 창구 직원이 '어머님'이라고 부르더란다. 언제나 젊은 마음으로 활동적인 일을 하며 사는 40대의 그가 그 호칭을 들었을 때 얼마나 불쾌했을지는 상상이 되고도 남는다. 그날 제대로 꾸미지 않고 옷도 대충 입고 가서 그런 대우를 받은 거라며 자신을 탓했는데, 그게 어찌 그의 잘못이겠는가.

아무 데서나 쓰이는 '어머님'이라는 이 호칭 역시 설사 그 여성이 결혼을 했고, 자녀가 있다 하더라도 적절치 않은 표현이다. 기혼 여성이 은행에 업무를 보러 갈 때는 다른 사람들과 똑같이 한 명의 고객으로 가는 것이지, 어머니로 가는 것이 아니다. 만약 학부모로서 자녀의 진로 상담을 하기 위해 학교나 학원에 찾아갔다면 '어머님'이라고 부를 수 있을 것이다. 하지만 은행 일처럼 일상적인 업무를 보러 간 여성에게 '어머님'이라고 부르는 건 중년 여성을 하나의 독립된 주체로 보는 것이 아니라, '누군가의 어머니'로만 바라보는 차별과 편견이 들어 있는 것이다.

이런 부적절한 호칭은 비단 여성에게만 쓰이는 것이 아니다. 결혼을 했지만 자녀는 없는 중년의 한 남자 선배는 어느 날 일을 보러 간 곳에서 '아버님'이라는 호칭을 듣고 불쾌감을 느꼈다고 한다. "내가 왜 당신 아버님이냐"라고 말하고 싶었지만 그랬다가는 자기만 이상한 사람 취급을 받을 것 같아 꾹 참았다고 말했다.

쉰이 다 된 나이에 늦둥이를 본 어느 남자 선배는 아이와 함께 간 매장에서 "손자가 할아버지를 쏙 빼닮았네요"라는 말을 들은 뒤 충격을 받고, 성형외과나 피부과에 가서 시술을 받아야 할지 심각하게 고민했다는 이야기를 한 적도 있다.

옛날 동요 중에 잘못된 호칭을 주제로 한 노래가 있다. 아마 30대 이상이라면 어렸을 때 한 번쯤 들어봤을 것이다.

> 이웃집 순이, 우리 엄마 보고 할매라고 불렀다
> 잠이 안 온다
> 내일 아침 먹고 따지러 가야겠다

어린이로 추정되는 동요 속 주인공은 이웃집 순이

가 자기 엄마를 할매라고 부른 게 얼마나 분하지 잠도 못 자고 다음 날 일찍 따지러 가야겠다며 벼른다. 이렇게 어린 애까지도 분을 못 참는 게 잘못된 호칭인데, 사람을 함부로 지레짐작하고, 마음대로 재단하며, 그걸 아무 생각 없이 쓰는 사람들이 여전히 많다. 흔히 쓰는 표현인 '아저씨' '아줌마' '어르신' 같은 호칭도 상대가 누구냐에 따라 매우 기분이 상할 수 있는 표현이고, 젊은 여성을 부를 때 쓰는 '아가씨' '언니' 같은 호칭도 모멸적인 표현이 될 수 있다.

이렇게 상대에게 상처를 줄 수 있는 부적절한 호칭이 계속 쓰이는 건 다양성에 대한 우리 사회의 인식이 여전히 낮은 단계에 머물러 있기 때문이다. 이 세상에는 다양한 삶의 방식이 존재하며, 과거에 당연하다고 생각했던 것들이 이제는 당연하지 않을 수 있다. 서로 다른 삶의 방식은 그 자체로 가치가 있고, 그 모습 그대로 존중받아야 하지만 다수의 생각과 다르다는 이유로 배척되고, 무시되며, 억지로 기존의 획일화된 질서에 끼워 맞추려는 시도가 벌어지기도 한다. 차별주의자, 혐오주의자가 되지 않고자 한다면, 일상생활 속에서 차별과 편견이 들어 있는 호칭부터 쓰지 않는 것이 그 시작일 수 있다.

아빠 얼굴 그리라고 하지 마세요

세계적인 팝스타 머라이어 캐리는 자서전《머라이어 캐리의 의미(The Meaning of Mariah Carey)》에서 어린 시절 유치원에서 가족 그림을 그리다 받은 상처를 이야기한다. 아프리카와 베네수엘라계 흑인인 아버지와 아일랜드계 백인인 어머니 사이에서 태어난 그는 수업 시간에 아버지를 그리며 피부색을 갈색으로 칠했는데, 이를 본 백인 선생님들이 색을 잘못 칠했다고 지적하며 크게 웃었다고 한다. 피부색이 밝은 머라이어 캐리가 혼혈인 줄 몰랐던 선생님들이 큰 실수를 한 것이다. 기억하기조차 쉽지 않을 정도로 어린 시절 겪었던 그 일이 그에게는 여전히 큰 상처로 남아 있는 것 같다. 그는 자서전에서 당시 상황을 자세하게 묘사하며 그때 받은 충격을 이야기했다. 성장 과정에서 불우한 가정사와 인종차별 속에 낮은 자존감으로 고통받았다는 그에게 어린 시절 유치원에서 겪은 그 일은 일종의 트라우마가 된 것으로 보인다.

그런데 이와 비슷한 일이 우리나라에서도 빈번하게 일어나고 있다. 유치원이나 어린이집, 혹은 초등학교 저학년 수업에서는 요즘도 수업 시간에 아이들에게 가족 그림을 그리게 하는 곳들이 있다고 한다. 그림을 다 그리고 나면 교실에 전시해놓기도 한다. 아이들이 가족의 소중함을 되새기고, 부모에 대한 고마움을 느끼게 해주려는 의도인 것 같다. 그런데 이렇게 좋은 뜻으로 하는 활동으로 인해 큰 상처를 받는 아이들이 있다. 부모의 피부색이 다른 다문화가정, 아빠나 엄마가 없는 한부모가정, 부모 없이 할아버지, 할머니와 살아가는 조손가정 등 다수의 가족들과는 다른 형태의 가정에서 자라는 아이들이다.

가족을 그리려면 다문화가정 아이들 중에는 머라이어 캐리처럼 부모의 피부색을 다른 색으로 칠해야 하는 경우가 있다. 한부모가정 아이들은 부모 중에 한 명만 그려야 하고, 조손가정 아이들은 젊은 부모 대신 나이가 지긋한 할머니와 할아버지를 그려야 한다. 이 아이들의 평범하지 않은 가정 상황이 다른 친구들 앞에 그대로 노출되는 것이다.

아이들 중에는 이런 가정사를 드러내고 싶지 않거나, 아직 드러낼 준비가 돼 있지 않은 경우가 많다. 그런데 이런 활동을 친구들과 함께 참여하는 수업 시간에 해야 한다면 어떨까. 아이는 숨기고 싶은 내밀한 이야기를 억지로 공개할 수밖에 없다. 이건 명백한 폭력이다. 그게 싫다면 아이는 그림을 거짓으로 그려야 한다. 이것 역시 아이에게 내적 갈등을 일으키고 거짓을 강요하는 것이니 심각한 폭력이다. 감수성이 예민한 자라나는 어린이들에게는 이런 일이 씻을 수 없는 상처가 될 수 있다. 또 요즘 크게 문제가 되고 있는 개인정보 침해에 해당한다는 점에서도 매우 비교육적이다.

그럼에도 여전히 수업 중에 아이들에게 가족 그림 그리기를 시키고, 그것을 그대로 공개하는 곳들이 있다는 건 가족의 다양성에 대한 우리 사회의 인식이 얼마나 뒤처져 있는가를 보여주는 것이다. 그 밑바닥에는 전통적인 가족만을 가족으로 생각하는 고정관념이 자리 잡고 있다. 혈연관계로 맺어진 부모와 자녀로 구성된 가족만이 가족이며, 대부분의 가족이 그럴 거라는 생각이다. 과연 그럴까?

2018년 칸 영화제 황금종려상을 수상한 고레에다 히로카즈 감독의 일본 영화 〈어느 가족〉에는 아주 특별한 가족이 등장한다. 할머니와 아빠, 엄마, 이모, 그리고 남자 아이와 어린 여동생으로 보이는 이들은 할머니의 좁은 집에서 할머니가 받는 연금으로 함께 살아간다. 가난하지만 서로 돌봐주고 아껴가며 행복하게 살아가는 이들은 사실 서로 혈연관계로 맺어진 사람이 아무도 없다. 가족으로부터 버림받은 독거노인, 좀도둑질로 생계를 이어가는 중년, 가정 폭력에 시달리던 아이 등은 특별한 인연으로 맺어진 이 가족 안에서 뜨거운 가족애를 느끼고 위로를 받으며 거친 세상을 살아갈 힘을 얻는다. 하지만 생존을 위해 벌인 이들의 일탈은 결국 세상으로부터 범죄로 규정되고, 특별한 가족은 해체된다. 결국 남자아이는 아빠처럼 따르던 아저씨와 떨어져 위탁 가정으로 보내지고, 여자아이는 자신을 학대하던 친부모에게 돌아가 다시 학대를 받으며 그들을 그리워한다. 그들에게 진짜 가족은 누구일까.

미국 드라마 〈프렌즈〉 시리즈로 유명한 제니퍼 애니스톤이 주연을 맡은 코미디 영화 〈위 아 더 밀러스(We're The Millers)〉에도 특별한 가족이 등장한다. 삼류 마약상인 중년 남성과 스트립 댄서인 중년 여성, 그리고 루저 소년과 노숙자 소녀는 국경을 넘어 마약을 운반해오면 돈을 준다는 마약 조직의 꼬임에 넘어가 가짜 가족 행세를 하며 캠핑카를 타고 멕시코로 향한다. 서로 무시하고 조롱하면서도 돈을 벌기 위해 각자 아빠, 엄마, 아들, 딸 역할을 하던 이들은 티격태격 싸우면서도 시간이 갈수록 점차 서로에게 가족의 정을 느끼게 되고, 결국에는 진짜 가족처럼 서로를 챙겨준다. 계속되는 코믹한 상황과 대사에도 이 영화를 가벼운 코미디 영화로만 볼 수 없는 건 이들이 생각지도 못한 순간에 불현듯 서로에게 느끼는 가족애에 공감이 가기 때문이다. 이들이 서로 피 한 방울 섞이지 않았다고 해서, 가족이 아니라고 말할 수 있을까?

이건 비단 영화만의 이야기가 아니다. 지방의 소도시에서 어려운 환경을 딛고 발레리노가 된 현대판 '빌리 엘리어트' 남학생을 주인공으로 다큐멘터리를 만든 적이 있다(MBC 창사 50주년 특집 다큐 〈춤, 꿈을 추다〉). 부모가 없는 이 학생을 어렸을 때부터 돌봐주고 뒷바라지해서 한국예술종합학교까지 입학시킨 할머니는 사실 친할머니가 아니었다. 자식이 없던 할머니는 한 마을에서 부모 없이 살아가던 주인공을 친손자처럼 돌봐주었고, 주인공 역시 할머니를 친할머니처럼 의지하며 바른 청년으로 자랐다. 이 두 사람의 서로를 향한 애틋함은 어느 가족의 할머니와 손자 사이 못지않았다.

방송인 사유리 씨는 결혼을 하지 않은 상태에서 난소의 나이가 48세라는 진단을 받은 뒤, 엄마가 되기 위해 일본의 정자은행에서 기증받은 정자로 아이를 낳아 비혼모가 되었다. 저출산 문제가 심각한 지금, 사람들의 삐딱한 시선을 극복하고 당당히 엄마가 된 그녀의 선택은 마땅히 존중받아야 한다.

독신자의 입양도 법적으로 허용되었지만 실제로는 능력 있는 독신자가 입양을 하려고 나서도 여러 가지 사회적인 제약과 편견으로 인해 중도에 포기하게 되는 경우가 대부분이라고 한다. 수많은 입양아들을 국내에서 품지 못하고 해외로 보내고 있는 우리로서는 이것 역시 저어할 것이 아니라 권장할 일이 아닐까.

앞으로 가족의 형태는 더 다양해질 것이며 자신들의 의지로 새로운 가족을 구성하는 사람은 점점 더 늘어날 것이다. 하지만 우리의 법과 제도는 철저히 기존의 '정상 가족'만을 중심으로 유지되고 있으며, 다른 형태의 가족들은 의료, 주거, 복지, 교육 등 사회 안전망에서 소외돼 있는 경우가 많다. 가족을 구성하기 위해 필요한 것은 '사랑'이지 '전통'이나 '피'가 아니다. 사랑으로 이룬 모든 형태의 가족이 차별받지 않고 행복을 누릴 수 있는 세상이 하루빨리 오기를 바란다.

5,000원이 필요한 사람

친구 C는 매일 아침 집을 나설 때 지갑에 5,000원짜리 지폐를 챙긴다. 집에 여러 장이 있으면 있는 대로 챙기고, 한 장만 있으면 한 장이라도 갖고 나간다. 평소에도 5,000원짜리 지폐가 생기면 쓰지 않고 모아둔다. 5,000원짜리 지폐가 흔하지 않기 때문에 가끔은 은행에 가서 교환해오기도 한다. 그리고 길을 가다 폐지 모으는 어르신들을 만나면 지갑에 있는 5,000원을 드린다.

"감사합니다. 음료수라도 사 드세요."

집에서 쉬다가도 밖에서 폐지 모으는 소리가 들

리면 5,000원을 챙겨 나가고, 운전을 하고 가다가도 길에서 폐지가 가득한 리어카를 끄는 어르신이 보이면 잠시 길가에 차를 세워놓고 가서 5,000원을 드린다. 상대가 누구인지, 지역이 어디인지 가리지 않는다. 어디서든 폐지 모으는 어르신이 보이면 보이는 대로 가서 지갑을 연다.

어르신들은 대부분 놀라는 반응을 보인다. 처음에는 당황하지만 이내 주름이 가득한 손으로 5,000원을 꼭 쥔 채 고맙다는 말을 반복한다. 고달픈 세월의 흔적이 고스란히 새겨진 얼굴에서도 그 순간만큼은 행복한 기운이 감돈다.

C가 이런 일을 시작한 건 몇 년 전 한 택시에서의 일 때문이다. 약속 장소에 가기 위해 급히 택시를 잡아탄 그는 목적지에 도착하고서야 지갑도, 스마트폰도 모두 집에 놓고 왔다는 걸 알았다. 택시 요금은 만 원이 조금 안 되는 금액이었다. 당황한 그가 택시기사에게 계좌번호를 알려주면 꼭 저녁에 집에 들어가서 송금을 하겠다고 하자 택시 기사가 뜻밖의 말을 했다.

"그 돈 안 받을 테니까, 대신 꼭 좋은 일에 쓰세요."

택시 기사에게 고맙다는 말과 함께 꼭 그렇게 하겠노라 약속하고 택시에서 내린 C는 일을 잘 마치고 집으로 돌아간 뒤 약속을 지키기 위해 어떤 좋은 일에 그 돈을 쓸지 생각해보았다. 그런데 좀처럼 어디에 써야 할지 떠오르지가 않았다. 그 정도 액수의 돈을 기부 단체에 기부하기도 그렇고, 그렇다고 돈을 쓰지 않자니 영 마음이 찝찝했다. 그렇게 며칠이 지나니 택시 기사와의 지키지 못한 약속이 마음에 짐처럼 남아 자신이 나쁜 사람이 된 것 같은 기분이 들었다.

그러던 어느 날, 일을 마치고 집에 가는데 앞에서 폐지를 잔뜩 실은 리어카를 혼자 힘겹게 끌고 가는 할머니가 보였다. 평생을 고생만 하며 살았을 할머니가 허리를 제대로 펴지도 못할 정도로 쇠약한 몸을 혹사시키며 일하고 있는 모습을 보고 있으니 너무나 마음이 아팠다. 그 순간 불현듯 머리에 스치는 것이 있었다.

"바로 지금이야."

곧바로 할머니에게 다가간 그는 지갑에 있던 돈을 드리고 자리를 떴다. 그날 이후 길을 지날 때마다 폐지 줍는 어르신들의 모습이 그의 눈에 들어왔다. 그럴 때마다 어르신들한테 5,000원씩 드리다 보니 이제는 그게 당연한 일상이 됐다. 뉴스에 따르면, 이렇게 폐지 줍는 어르신 한 분이 하루 종일 온힘을 다해 모으는 폐지는 100kg 안팎으로, 그걸 다 팔아서 버는 돈은 3,000~4,000원 정도밖에 안 된다고 한다. 그러니 그 어르신들에게 5,000원은 하루 일당보다도 많은 돈이라고 할 수 있다.

그런데 왜 꼭 5,000원일까. 만 원을 드릴까도 생각해봤지만 폐지 줍는 어르신들이 워낙 자주 보이다 보니 매번 만 원씩 드리는 것은 부담스러웠고, 그러다가는 얼마 못 가 이걸 그만두게 될 수 있겠다는 생각이 들었다고 한다. 그래서 고민을 해보니 주는 사람이나 받는 사람 모두 부담 없고 기분 나쁘지 않은 액수가 커피 한 잔값 정도인 5,000원이었다는 것이다. 그분들을 돕는 단체를 찾아 기부를 할까도 생각해봤지만 정기적으로 일정한 액수를 기부하는 것이 부담이 되기도 했고, 그분들 입장에서 단돈 얼마라도 직접 받는 것이 더 도움이 될 것 같았다고 한다. 그는 그렇게 어르신들을 만난 날은 기분 좋은 하루를 보내게 된다며, 비록 큰돈은 아니지만 어르신들도 그 5,000원을 받은 날만큼은 즐거운 하루를 보냈으면 좋겠다고 말했다.

서른 살 무렵부터 혼자 힘으로 자영업을 해온 C는 친구들 사이에서 알뜰하기로 유명하다. 꼭 필요한 물건도 항상 중고부터 찾다 보니 가족한테 '궁상 좀 그만 떨라'는 핀잔을 듣기도 한다. 평소 가게를 운영하면서 나오는 철물이나 유리병 등 되팔 수 있는 것들은 따로 정성스럽게 모아두는데, 일정량이 모이면 동네 폐지 줍는 할머니를 불러서 모두 드린다. 얼마 전에는 그렇게 C의 가게에서 가져간 철제 가구들을 팔아서 큰돈을 벌었다며 할머니가 귤 한 상자를 가게 앞에 두고 가시기도 했다.

C를 보면 기부라는 것이 그리 멀리 있는 것도 아니고, 특별한 방법이 필요한 것도 아니며, 많은 돈이 있어야 하는 것도 아닌 것 같다. 지금 있는 자리에서 주위를 한 번만 둘러보면 누구나 자기 힘으로 할 수 있는 기부가 있지 않을까. 뉴스에 보도될 정도로 큰 기부도 가치 있지만, 어쩌면 우리 사는 세상을 더 아름답게 만들어주는 건 이런 생활 속의 작은 기부, 소소한 기부가 아닐까 싶다. 나도 5,000원짜리 지폐가 보이면 딴 데 쓰지 말고 주머니에 꼭 넣어서 갖고 다녀야겠다.

아빠 찾아

삼만 리

한 공장의 안전 교육장. 교육 영상을 시청하기 위해 수십 명의 외국인 노동자들이 TV 앞에 앉는다. TV가 켜지자 화면에서는 갑자기 외국인 어린이 두 명의 얼굴이 나온다. 천진난만한 얼굴로 아빠가 보고 싶다고 말하는 아이들. 교육장에 앉아 있던 30대의 젊은 외국인 노동자 한 명이 깜짝 놀라더니 이내 두 눈에 눈물이 그렁그렁 맺힌다. 함께 앉아 있던 다른 외국인 노동자들도 하나둘 옷깃으로 눈 주위를 훔치기 시작하고, 어느새 교육장 전체가 눈물바다가 된다. 영상 상영이 끝나자 일터로 향하는 노동자들. 그런데 문을 열고 나가자 화면 속에 있던 아이들이 달려온다. 두 팔로 아이들을 꽉 껴안은 아빠가 폭풍 눈물을 쏟고, 아이들도 아빠에게 매달려 울음을 터뜨린다. 이쯤 되면 시청자인 나도 더 이상 눈물을 참을 수가 없다.

외국인 노동자 아빠와 아이들의 이 감동적인 상봉은 EBS 교양 프로그램 〈아빠 찾아 삼만 리〉의 한 장면이다. 가족을 위해 고국을 떠나 홀로 한국에 와서 외롭게 일하는 아빠를 만나기 위해 어린 자녀가 한국을 찾아오는 내용의 이 프로그램은 2015년부터 4년간 매주 방송된 뒤, 종영 이후에도 종종 재방송으로 시청자를 만나고 있다. 매주 새로운 가족이 등장하는데, 주인공은 태국, 캄보디아, 네팔, 스리랑카, 필리핀, 우즈베키스탄 등 대부분 아시아권 사람들이다. 아빠를 그리워하는 아이들이 아빠 몰래 출발 전부터 한국어를 공부한 뒤, 한국에 도착해서 사람들에게 물어물어 아빠의 일터까지 찾아가는데, 힘든 노동에 지친 외국인 노동자들이 자녀들과의 상봉이라는 깜짝 선물을 받는 장면은 매주 비슷한 형식인데도 볼 때마다 눈물을 쏙 빼놓는다. 그렇게 가슴이 뭉클해질 때마다 '아, 이들도 이토록 눈물겹게 보고 싶은 누군가의 아빠구나' 하는 생각이 든다.

이 프로그램의 제목은 1980~1990년대 어린이들의 마음을 울렸던 애니메이션 〈엄마 찾아 삼만 리〉에서 따온 것으로 보인다. 어렸을 적 코를 훌쩍거리며 이 만화를 볼 때는 이탈리아 사람인 주인공 마르코의 엄마가 왜 아르헨티나에 갔는지 알지 못했는데, 알고 보니 원작 동화의 배경이 된 1800년대 후반에는 아르헨티나가 이탈리아보다 경제적으로 훨씬 앞서 있는 강대국이었다고 한다. 마르코의 엄마는 가족의 생계를 위해 홀로 타국에서 일하는 외국인 노동자였던 것이다. 100년도 더 된 원작이 이렇게 외국인 노동자 가족의 이야기를 배경으로 하고 있었던 걸 보면, 외국인 노동자 가족의 아픔은 꽤 오랜 역사를 갖고 있는 셈이다.

우리도 비슷한 경험을 갖고 있다. 1980년대에 인기를 끈 국내 애니메이션 〈달려라 하니〉를 기억하는가. 당시 이 만화를 즐겨 본 세대라면 "난 있잖아, 엄마가 세상에서 제일 좋아. 하늘 땅만큼……"으로 시작하는 전설적인 주제곡 덕분에 하니 엄마가 돌아가셨다는 건 다 알 것이다. 그런데 하니 아빠를 기억하는 사람은 잘 없다. 대부분 하니 아빠가 집에 없었다는 것 정도만 알 텐데, 엄마가 돌아가시고 형제도 없던 중학생 하니를 혼자 남겨두고 아빠는 어디에 갔을까. 당시 하니 아빠는 중동에서 일하고 있었다. 오일 머니로 인해 한창 붐이 일었던 중동의 건설 현장에서 돈을 벌고 있었던 것이다. 실제로 1970~1980년대 수많은 우리 노동자들이 돈을 벌기 위해 중동의 허허벌판으로 향했고, 그들이 사막의 뙤약볕 아래에서 땀을 흘려 벌어온 외화는 우리 경제 성장의 원동력이 됐다.

우리 아버지도 그중 한 사람이었다. 아버지는 내가 태어나자마자 엄마와 갓난아기인 날 남겨둔 채 이란으로 떠났다. 방직 업체에서 일하셨던 아버지는 우리 기업이 현지에 세운 공장에서 방직 기술을 가르치는 일을 하셨다고 한다. 부모님으로부터 물려받은 것 없이 오직 사글세 방 한 칸으로 신혼을 시작했던 엄마는 여러 해 동안 남편 없이 혼자 아기를 키우며 아버지가 보내오는 돈을 아끼고 모아 삶의 터전을 마련했다. 당시 갓난아기였던 나는 아버지의 중동 노동자 시절을 전혀 기억하지 못하는데, 어렸을 때부터 아버지가 이란에서 일하던 시절의 이야기를 수없이 들려주셨기에 이란이라는 나라가 왠지 가깝게 느껴졌다. 아버지가 돌아가신 뒤 정리하던 유품 속에서 당시 이란에서의 근무 수첩과 사진을 발견하고는 가슴이 먹먹했다. 가족의 좀 더 나은 삶을 위해 외롭게 싸웠을 아버지의 치열했던 젊은 날이 내 가슴에서 뜨겁게 되살아나는 듯했다.

외국인 노동자들이 일하는 국내 공장 한 곳을 취재하러 간 적이 있다. 공장의 문을 열고 들어가자 나를 반긴 건 코를 찌르는 지독한 화학 약품 냄새였다. 마스크를 써도 별 소용이 없었다. 그 냄새가 건강에 무해한지는 알 수 없지만, 공장을 둘러보며 들었던 생각은 우리나라 사람 중에 이 공장에서 일할 사람은 아무도 없겠다는 것이었다. 그 안에서 여러 외국인 노동자들은 창문도 다 닫아놓은 채 하루 종일 기계 앞에 앉아 코로 그 공기를 다 들이마시며 일하고 있었다. 외국인 노동자들이 일하는 곳이 모두 그렇게 안 좋은 환경인 건 아니지만, 여러 일터 중에서도 상대적으로 열악한 곳을 그들이 담당하고 있는 것은 사실이다. 100만 명에 가까운 외국인 노동자들이 그렇게 사람이 꼭 필요하지만 우리나라 사람들은 찾지 않는 현장에서 몸을 내던지며 우리 경제의 큰 부분을 책임지고 있다.

하지만 그들과 관련해 들려오는 소식은 대부분

안타까운 것뿐이다. 국내에서 일하다가 산업 재해를 당하는 외국인 노동자가 한 해에 7,000여 명에 이르고, 이 가운데 목숨을 잃는 사람은 한 해에 100명에 달한다고 한다. 외국인 노동자들이 국내에서 열심히 일하고도 받지 못한 임금이 한 해에 1500억 원에 이른다는 소식도 전해진다. 한때 개그 프로그램에서 외국인 노동자 역할을 맡은 개그맨이 어눌한 말투로 "사장님 나빠요"라고 말하는 걸 보면서 배꼽을 잡으며 웃은 적이 있는데, 생각해보면 나쁜 사람이 일부 사장님뿐인가 싶다. 많은 외국인 노동자들이 가장 힘들고, 위험하고, 위생적이지 않은 곳을 책임지며 우리 사회에 기여하고 있지만, 당당한 구성원으로 인정받지 못한 채 인권의 사각지대로 내몰리거나, '외노자'라는 줄임말로 비하되고 조롱받는 것이 현실이다. 외국인 노동자들이 과거 우리 아버지들의 모습이었다는 걸 생각해본다면 그들을 바라보는 우리의 눈이 좀 더 따뜻해져야 하지 않을까.

우리가 있어야 할 곳

어린 시절 나에게는 버스와 관련한 특별한 경험이 있다. 초등학교 6학년 때 몇 달 동안 집안 사정으로 학교를 멀리 통학해야 하던 때가 있었다. 당시 학교가 서울 용산의 이촌동에 있었는데, 경기도 오산에서 학교를 다녀야 했다.

수원보다 더 남쪽에 있는 오산은 30여 년 전에는 지금처럼 번화하고 전철이 다니는 곳이 아니었다. '화성군 오산읍'에서 '오산시'로 승격된 지 몇 년 되지 않은 때였고, 좁은 시내를 벗어나면 논밭이나 과수원이 넓게 펼쳐져 있어서 도시보다는 농촌 마을에 더 가까운 곳이었다. 기차도

통일호나 무궁화호는 서지 않고, 모든 역을 다 정차하며 천천히 운행하는 비둘기호만 섰기 때문에 서울에 가려면 가급적 고속버스를 타는 것이 나았다.

나는 매일 아침 학교에 가려면 고속버스 첫차를 타야 했다. 집에서 아빠가 태워주는 자전거를 얻어 타고 고속버스 터미널까지 간 뒤, 고속버스 첫차를 타고 경부고속도로를 지나 서울 서초동에 있는 남부터미널에서 내리면, 다시 지하철을 '3호선→2호선→4호선'으로 갈아타고 가야 하는 고단한 여정이었다. 초등학교를 말이다.

그때 매일 고속버스에서 만나는 승객들은 거의 같은 사람이었다. 대부분 50, 60대 아줌마와 아저씨들이었는데, 그분들 사이에서 나는 슈퍼스타였다. 꼬마 아이가 큰 가방을 멘 채 혼자 매일 고속버스 첫차를 타고 먼 길을 다니니 그분들 눈에 얼마나 신기했겠나. 내가 고속버스 터미널에 나타나면 저마다 반갑게 맞아주며 머리를 쓰다듬어 주곤 했다. 각별히 날 챙겨주신 분도 많았다. 어떤 아저씨는 일부러 먼저 와서 내 자리를 맡아주었고, 어떤 아주머니는 아침 간식을 챙겨 와서 나눠주었다.

특히 생각나는 아주머니 한 분이 있는데, 겨울에

날씨가 추워지자 아주머니는 매일 플라스틱 물통에 뜨거운 물을 넣어와 나에게 건네주며 손에 꼭 쥐고 있으라고 했다. 아줌마표 '핫팩'이었던 셈이다. 나는 서울에 도착할 때까지 한 시간가량 아주머니의 따뜻한 마음이 담긴 그 물통을 두 손으로 꼭 쥐고 있다가, 고속버스에서 내릴 때면 미지근하게 식은 물통을 아주머니에게 돌려주고 학교로 향했다. 그럼 아주머니는 멀리까지 손을 흔들어주며 학교에 잘 다녀오라고 인사를 건네주곤 했다.

당시 나에게 그분들은 이모나 삼촌처럼 친근하고 다정한 존재였지만, 그분들이 왜 매일 첫차를 타고 서울로 가는지는 알지 못했다. 어디 가시냐고 물어보면 하나같이 일하러 간다고만 했지, 무슨 일을 한다고 얘기하는 분이 없었다. 다만 모두 복장이나 행색이 비슷했고, 마치 원래 알던 사람처럼 서로 챙겨주는 것으로 보아, 다들 비슷한 일을 한다는 정도만 알 수 있었다. 그렇게 매일 반복됐던 그분들과의 따뜻한 여정은 내가 중학교에 들어간 뒤 온 식구가 다시 서울에 모여 살게 되면서 끝이 났고, 내 머릿속에서 그분들에 대한 기억은 서서히 잊혀갔다.

그런데 얼마 전 그분들에 대한 기억이 생생하게

되살아나는 일이 생겼다. 취재를 위해 찾아간 새벽 시내버스에서 30여 년 전의 그분들과 똑같은 모습에 똑같은 인심을 가진 분들을 만나게 된 것이다. 노회찬 의원의 연설에 등장해 유명세를 탄 서울 시내버스 6411번 첫차에서였다. 이틀 동안 이 버스를 타고 새벽 4시에 서울 구로에서 출발해 강남으로 가는 출근길 노선을 동행했는데, 차고지에서 출발하고 얼마 안 돼서 버스는 완전히 만원 상태가 되어 발 디딜 틈이 없었다. 그나마 노회찬 의원의 연설 이후 첫차가 한 대 더 늘어나 두 대의 버스가 동시에 출발하게 됐는데도 그랬다. 한 대만 다닐 때는 도대체 이 많은 사람들이 어떻게 다 탄 건지 상상이 되지 않았다.

인상적인 건 모두 버스에서 만난 사이인데도 마치 친구, 언니, 동생처럼 반갑게 맞아주며 서로 챙겨준다는 거였다. 각자 행선지는 달랐지만 누가 어디서 내리는지 모두가 알고 있었다. 서로 가방도 받아주고, 간식도 나눠주며 고단한 새벽 출근길을 함께하고 있었다. 혹시라도 누가 하루 안 보이면 걱정을 하며 안부 전화도 한다고 했다. 어디선가 본 듯한 모습. 그랬다. 30여 년 전 날 아들처럼, 조카처럼 챙겨주고 아껴주던 고속버스 첫차 속 아줌마, 아저씨들의 모습이었다.

그들은 대부분 강남의 대형 건물이나 도로에서 환경미화를 담당하고 있었다. 회사에서 그렇게 일찍 출근하라고 시키지는 않지만 사람들이 다니기 전에 청소를 모두 마치고 사라지려면 그 시간에 출근할 수밖에 없다고 했다. 버스가 5분이라도 늦어지면 발을 동동 구르고, 버스에서 내려서도 있는 힘을 다해 일터까지 달려가는 그들은 우리와 같은 곳에서 일하지만 얼굴을 모르고, 이름도 모르며, 투명인간처럼 존재하기에 그 고단함을 모르고, 고마움도 모르는 그런 분들이었다.

30여 년 전 그 고속버스 속 아줌마, 아저씨들은 지금 어디에서 무얼 하고 계실까. 그때의 고단함을 이제는 좀 벗어버리셨을까. 함께 새벽 고속버스를 타던 그 꼬마를 기억은 하실까. 혹시라도 지금의 날 알아보신다면 이 말은 꼭 전하고 싶다. 그때 당신들이 나눠주었던 온기가 그 꼬마의 가슴을 넉넉하게 채워주었다고.

노회찬 의원의 연설 일부로 글을 마무리할까 한다.

"6411번 버스라고 있습니다.

그 누구도 6411번 버스가 출발점부터

거의 만석이 되어서

강남의 여러 정류소에서

오륙십 대 아주머니들을 다 내려준 후에

종점으로 향하는지를 아는 사람은 없습니다.

이분들은 태어날 때부터 이름이 있었지만

그 이름으로 불리지 않습니다.

그냥 아주머니입니다.

그냥 청소하는 미화원일 뿐입니다.

존재하되 그 존재를 우리가 느끼지 못하고

함께 살아가는 분들입니다.

이분들이 그 어려움 속에서

우리 같은 사람을 찾을 때

우리는 어디에 있었습니까?"

_2012. 7. 21. 진보정의당 대표 수락 연설 중에서

꿈에 선을 그을 필요는 없으니까

내가 처음 방송 기자로서 뉴스에 내 목소리를 내보낸 건 2003년 3월이었다. 그해 1월, 한 지역 방송사에서 기자 생활을 시작한 나는 한창 경찰서를 돌며 수습 기자 생활을 하고 있었는데, 어느 날 급히 사무실로 들어오라는 연락을 받았다. 미국이 전격적으로 이라크를 침공해 특보를 해야 하는데 일손이 부족하니 모든 수습 기자가 들어와 리포트를 준비하라는 거였다. 각자 경찰서에서 취재하던 일을 멈추고 사무실로 들어간 수습 기자들은 급히 미국의 침공 배경과 전망 등에 대한 분석 리포트를 하며 그렇게 한꺼번에 뉴스에 데뷔했다.

그런데 뉴스가 나가고 난 뒤 회사에서 가장 화제

가 된 건 뜻밖에도 내 리포팅이었다. 수습 기자임에도 음성과 발성, 발음 등이 눈에 띈다는 것이었다. 심지어 보도국장이 직접 나에게 찾아와 이런 말을 하기도 했다.

"네 오디오가 나보다 낫다."

수십 년간 기자 생활을 한 베테랑 기자가 이제 갓 일을 시작한 수습 기자에게 이런 말을 했으니 지금 생각해보면 참 겸손한 분이었던 것 같다. 당시 내 리포팅은 거칠고 가다듬어지지 않아 부족한 점이 많았지만 선배들은 애정을 갖고 가능성을 봐주었다. 그런데 며칠 뒤 동료 한 명이 나에게 뜬금없는 말을 했다.

"너는 그래도 앵커는 못 될 거야. 말라서 안 돼."

체격이 좋고 준수한 외모를 갖춘 현직 앵커들과 달리, 나는 마르고 볼품없는 외모라 아무리 오디오가 좋아도 앵커는 될 수 없을 거라는 얘기였다. 선배들의 칭찬에 우쭐해서 괜히 헛된 꿈 꾸다 나중에 큰 상처 받지 말고 기자 일에 충실하라는 동료의 배려였는지도 모르겠다. 하지만 굳이 내가 묻지도 않은 얘기를 직설적으로 해준 것에 적잖이 상처를 받았다. 하지만 나 역시 그의 말을 부정할 수는 없었다. 거울에 비친 내 모습은 분명 멋진 모습으로 화면에 나오는 앵커들과는 거리가 멀었다. 더구나 체질적으로 살이 찌지 않아 여러 번의 증량 도전에서 실패한 나로서는 이후에도 외모가 크게 달라질 가능성이 없었다.

몇 년 뒤 다시 신입 기자 시험을 보고 MBC에 들어온 뒤에도 앵커라는 자리는 나와는 다른 세상의 얘기였다. 앵커가 된 기자 선배들은 대부분 잘생기고 멋진 외모를 갖춘 사람들이라 딱 보면 그냥 앵커 감이었다. 그 자리는 딱히 눈여겨볼 것 없는 외모를 가진 내가 올려다볼 만한 자리가 아니었다. 게다가 취재 현장에서 몸을 던져 일하고, 뒤에서 다른 사람의 이야기를 전해주는 걸 소명으로 알아야 하는 기자 조직에서 '앵커'라는 단어는 금기어나 다름없었다. 스스로 화려한 조명을 받는 앵커가 되고 싶어 하는 건 일종의 '관종'을 의미하며, 그런 사람의 경우 기자로서의 본분을 벗어나 일탈을 할 가능성이 높을 거라는 인식도 있었다.

그런 분위기 속에서 선배들한테 교육을 받고 기자로서 훈련을 받았기에 난 기자 생활 동안 단 한 번도 앵커를 '목표'로 삼은 적이 없었다. 하지만 고백하건대, 난 한순간도 앵커의 '꿈'을 내려놓은 적이 없었다. '목표'와 '꿈'은 다르다. 목표는 반드시 이뤄내야 하기에 실현 가능성이 있어야 하지만, 꿈은 가능성과는 상관없이 소망할 수 있는 것이다. 내가 앵커를 꿈꾸었던 이유는 결코 스타가 되고 싶다거나 유명세를 타고 싶어서가 아니었다. 그것이 내가 가진 재능으로 할 수 있는 일 중에 가장 잘할 수 있는 일이라고 생각했기 때문이다. 비록 현실적으로 나에게 그 기회는 오지 않을 거라고 생각했지만, 꿈은 내려놓지 않았다. 다른 사람이 인정해주지 않아도 나 자신만큼은 한 치도 흔들림 없이 나를 믿었다.

그래서 난 기자로서 취재를 하고, 기사를 쓰고, 리포팅을 하고, 출연을 할 때 언제나 내 믿음을 증명하기 위해 노력했다. 비록 다른 사람이 알아주지 않는다 해도 나 자신에게만큼은 당당하고 싶었다. 쉬는 시간에도 틈날 때마다 내 목소리를 녹음해서 반복적으로 들어보며 내가 낼 수 있는 가장 호감 가는 목소리, 가장 잘 들리는 발성을 고민했다. 사람들이 잘 보지 않는 뉴스에서 리포트를 할 때에도 가장 전달력 있는 리포팅을 하기 위해 수없이 재녹음을 하며 내가 만들어낼 수 있는 최고의 결과물을 뽑아내려 노력했다. 어쩌다 출연을 할 때면 기자 앞에 기사 내용을 띄워주는 프롬프터가 있어도 원고를 처음부터 끝까지 다 외우고 혼자 연습을 거듭한 이후에야 스튜디오에 들어갔다.

물론 예상대로 기회는 잘 오지 않았다. 선거 방송을 할 때면 내 역할은 언제나 출연하는 기자들을 뒤에서 지원하는 것이었고, 편집부에서 나에게 주어진 역할은 스튜디오 밖에서 일하는 뉴스 PD였다. 하지만 그렇게 카메라 뒤에서 일을 할 때에도 화면 속의 기자와 앵커를 보며 언제나 생각했다. '나라면 저걸 어떻게 표현했을까' '나라면 어떤 얘기를 했을까' '나라면 어떤 표정을 지었을까'…….

그렇게 세월이 흐르자, 어느 순간부터 앵커 오디션 후보에 내 이름이 오르기 시작했다. 그리고 입사 15년 만인 2019년 7월, 숨어 있던 내 가치를 알아봐 준 선배들 덕에 난 오디션을 거쳐 주말 메인 뉴스의 앵커로 발탁됐다.

내가 앵커가 됐다는 소식이 전해지자 아끼는 후배가 나를 찾아와 '미래형 뉴스 앵커'라며 놀렸다. 과거였으면 앵커는 꿈도 못 꿨을 외모와 스타일인데, 세상이 바뀌어서 메인 뉴스의 앵커가 됐으니, 나야말로 시대의 변화를 보여주는 '미래형 뉴스 앵커'라는 참으로 신박한 분석이었다. 물론 자기 일처럼 진심으로 기뻐하고 축하해주며 한 얘기였다. 우스갯소리처럼 한 얘기였지만 사실 그의 말은 정확한 분석이었다. 세상이 점차 다변화해가면서 기존에는 주목받지 못했던 다양한 개성들이 이제는 각자의 모습 그대로 존중받게 되었고, 그런 변화 속에서 나에게도 기회가 온 것이다.

만약 세상이 날 알아주지 않는다고 해서 내가 섣불리 꿈을 포기했다면 어땠을까. 바뀐 세상에서도 기회는 내게 오지 않았을 것이다. 설사 기회가 오더라도 나는 잡지 못했을 것이다. 지금 어딘가에서 실현 가능성이 없어 보이는 꿈을 힘겹게 붙잡고 있는 사람이 있다면, 쉽게 그 손을 놓지 말라고 얘기해주고 싶다. 세상은 빠르게 변하고, 바뀐 세상이 무엇을 요구할지는 아무도 모른다. 내가 스스로 꿈에 선을 그을 필요는 없다. 꿈은 꾸는 것만으로도 우리에게 큰 행복을 주며 지친 삶을 버텨낼 수 있는 무한한 힘을 주기 때문이다.

이 책이 나올 때쯤에도 내가 여전히 앵커를 하고 있을지 모르겠다. 언젠가 자신만의 새로운 개성과 매력으로 나보다 그 자리에 더 잘 어울리는 사람이 온다면, 잠시 아쉬운 마음은 들겠지만 곧 내 개성과 재능을 꽃피울 새로운 도전을 찾아 떠나야 할 것이다. 꿈이 있다는 건 감사한 일이다. 삶의 여러 고비 속에서도 버틸 수 있는 힘을 준 당신의 꿈이 언제나 당신과 함께하기를, 그리고 언젠가 그 꿈이 베일을 벗고 당신의 눈앞에 현실로 나타나기를 진심으로 기원한다.